大一揆

平谷美樹

角川文庫
23594

目次

「嘉永の三閉伊一揆」三陸海岸概略地図

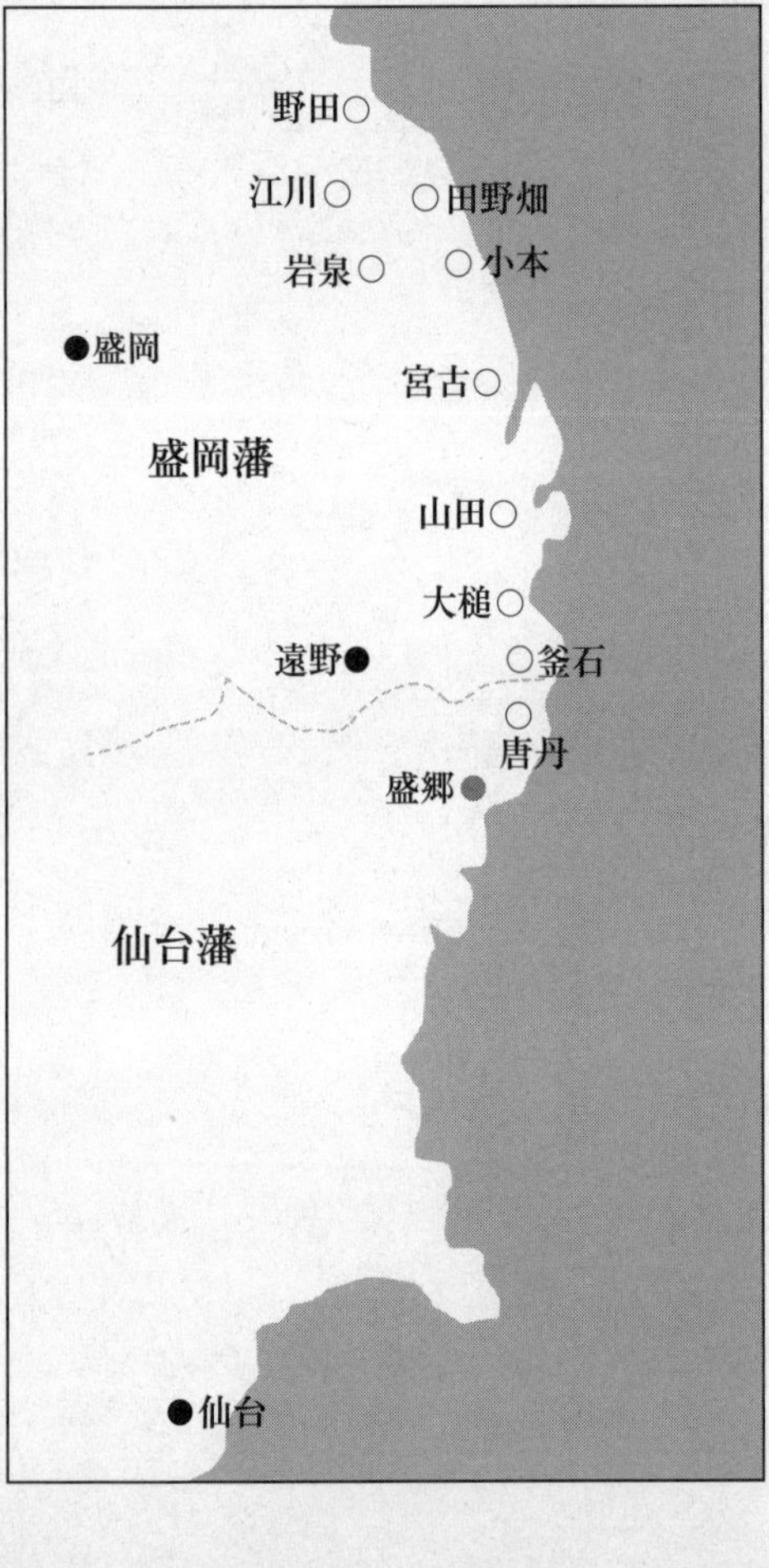

第一章

一

嘉永《かえい》六年（一八五三）五月十五日。陸奥国盛岡領大槌通《むつのくにもりおかりょうおおつちどおり》、夏至の夕刻である。

〝通《とおり》〟とは、代官所が管轄する行政区分であった。

鵜住居川《うのすまいがわ》ぞいの山道である。沿岸の大槌から片岸《かたぎし》村、栗林《くりばやし》村、橋野《はしの》村を通り、峠を越えて内陸の遠野《とおの》に至る、遠野往来道であった。橋野に、製鉄の高炉が建設されるが、それは五年後の話である。

その山道を、馬を曳《ひ》き急ぎ足で行く者がいた。六尺（約一・八メートル）はありそうな偉丈夫で、整った顔には汗が光っていた。

名を三浦命助《みうらめいすけ》という。

七年ほど前には立派な体格から藩主の駕籠《かご》役を命じられかけたが、目方が三十貫(約一一二・五キロ)余りもあったので、太りすぎということで免じられた。今はだいぶ体も絞られ、筋骨逞《たくま》しい体軀《たいく》になっていた。

ハルゼミの声が喧《かまびす》しく、川の流れに、西の山に沈みかけた太陽の光が目映《まばゆ》く反射している。

命助はこの年三十四歳。

この川の上流、栗林村の肝入《きもいり》を何度も務めた旧家の分家の出であった。

命助の家族は、屋号を〝東《ひがし》〟という本家の屋敷に同居していた。今年の正月に東の当主が没し、働き盛りの男手が命助一人であったので、当主の代わりを務めていた。

以前は豪農であった東も、幕末のこの時期には衰退し、かなりの額の借金を抱えていた。

だから命助は身を粉にして働かなければならなかった。馬に荷を載せて、沿岸と内陸を往き来し、両地の産物を運ぶ荷駄商《にだあきな》いである。

今日は、内陸の遠野の米を、鵜住居川河口の大槌まで運んでの帰りであった。

およそ二里二十町（約一〇キロ）の山道を、命助は急いでいる。眉間《みけん》に皺《しわ》を寄せ目をぎらつかせていたが、時折ふっと気弱げな表情になった。

命助の中には怒りと不安がない交ぜになっていた。

怒りの原因は、春先から二度にわたる御用金の仰せ付けであった。

漁業者、林業者を狙い撃ちし、取引のある漁業者たちが軒並み借金で首が回らなくなったのであった。

今日、命助は大槌の米屋に米俵を降ろした後、海岸沿いにある顔なじみの漁師の家を訪ねた。遠野で買い求めたちょっとした土産を届け、次の荷の打ち合わせをするためである。

二人組の侍が戸口から出てきて、命助にぶつかりそうになった。一人が鋭く命助を睨《にら》み、一人は舌打ちして去って行った。

命助は外の木に馬を繋《つな》いで、急いで漁師の家に入った。

板敷に、呆然《ぼうぜん》とした顔で漁師が座っていた。その後ろで、赤子を背負った妻がさめざめと泣いている。

「なにがあった？」

命助は板敷に腰を下ろした。

「舟を取られる……」

漁師は呟《つぶや》くように言った。目は虚《うつ》ろだった。

「御用金が払えなくてか」

命助の問いに、漁師は力無く肯《うなず》いた。

「そうか……」

命助は懐の銭袋に手を伸ばしかけた。米を運んだ駄賃が入っており、いつもよりもずっしりと重くはあったが、それは本家と命助の家族十一人が生きていくための金であった。妻のまさの腹には新しい家族も宿っている――。

命助は奥歯を嚙《か》みしめ、背負った風呂敷《ふろしき》から干菓子の小さな包みを出して板敷に置いた。

「まず、甘いものを口にして元気を出してくれ。また後で来るから、その時に次の荷の打ち合わせをしよう」

命助は逃げるように漁師の家を出た。

浜が見渡せる場所に建つ五十集屋《いさばや》――魚の加工場、海産物商いをする建物の一棟に向かった。

魚を煮るにおいや干し魚のにおいが漂っていた。

数十人の男女が浜に集まり、深刻な顔でなにか話し合っている。

ここにも催促人が来たのだ。求められた御用金をどうするかの相談をしているのであろうと命助は思い、足を止めた。

五十集屋には以前、特別な税は課せられていなかったが、最近、職札というものができた。権利の大小によって上札、中札、下札が設けられ、その免許料を支払わなければならなくなったのである。それに加えて新たな御用金——。

取引のある干物屋の姿が見えたが、今にも泣きそうな顔である。

また慰めを言って菓子を渡して帰るか——。

しかし、口ばかりの慰めや、干菓子などなんの役に立つだろう——。

命助はそっとその場を離れた。

そして、命助は悶々《もんもん》とした気持ちを抱えて帰路についたのである。

歩いているうちに、藩のやり口に対して強い怒りが湧き上がってきた。

一揆《いっき》衆に加わるか——。と命助は思った。

彼らからは今まで何度も誘いがあった。だが命助は一揆衆とは距離を置いていた。

理由の第一は金を稼がなければならないこと。本家である東の借金の返済や、本家と自分の家族の生活を支えるために、働きづめに働かなくてはならなかったのである。一揆衆に加担すれば、集まりに顔を出さなければならず、色々と負担も多くなる。

第二は――。一揆衆の兵略《ひょうりゃく》に不満があった。詰めが甘いのである。藩と約束を取り交わしても必ず裏切られる。頭人《とうにん》を罰しないという約束も守られたことはない。自分ならばもっとうまくやれるという自信があったが――。

そして、もっとも大きな理由は、一揆衆の〝頑《かたく》なさ〟であった。

沿岸の村々では、肝入が一揆の頭人となることも多く、栗林村の者たちからも頻繁に一揆衆に加担するようにという誘いがあった。一揆衆の寄合に出てみたこともあった。荷駄商いで出かけたほかの村の寄合に顔を出したこともある。

盛岡藩の政《まつりごと》に憂いを感じていた命助は、その席で兵略に関する持論を語ったが、一揆衆からことごとく否定された。

理詰めで否定されるならば納得もできるが、彼らの言い分は、

『一揆に出たこともない奴になにが分かる』

『新参者は口を出すな』

『余所者《よそ》は引っ込んでいろ』

というものであった。

一揆に参加したこともない、古老たちも訳知り顔で、

『口を出すなら、二回、三回の一揆を経験してからにしろ』

と言う。

自分たちがやってきたことになんの反省もなく、ただただ徒党を組んで代官所に押し寄せ、豪商の家を打ち壊す。そんなことをしていては、いつまで経っても侍には勝てない。

稀《まれ》に優れた兵略家が頭人となって一揆を起こすこともあるが、詰めが甘く、結局藩に騙《だま》されて終わってしまう。

そんなことでは駄目なのだと言っても聞く耳をもたない。ならば、なにを言っても無駄だと、命助は一揆衆と関わりをもつのをやめたのである。

しかし、もはやそんなことを言っている場合ではない。

藩は三閉伊《さんへい》（盛岡藩沿岸の野田通《のだどおり》、宮古《みやこ》通、大槌通）ばかりを狙ったように新税、御用金を命じてくる。内陸の通に命じれば、即座に盛岡に攻め込む一揆が起こるからだ。しかし、沿岸と内陸の間には広い山地があり、盛岡に通じる街道は少なく狭い。税や御用金に反発して一揆が起こっても、容易に鎮圧できるという読みなのだ。

また、弘化《こうか》四年(一八四七)に起きた遠野越訴《おっそ》では遠野侯南部《なんぶ》弥六郎《やろくろう》がうまく一揆衆を懐柔した。地元に帰るまでの米を与えもした。百姓らはそれを頼りに、また遠野を目指すに違いない。盛岡まで一揆衆が攻め込むことはない――。

そんな侍らの鼻を明かしてやらなければならない。

ここで、百姓が勝つ一揆を起こさなければ、三閉伊はいつまでも藩の食い物にされ続ける。

十九年前の天保五年(一八三四)に八戸藩で、百姓の大勝利で終わった一揆があった。状況が異なるから、そのやり方をそのまま真似るわけにはいかないが、隣藩でできたことが下閉伊でできないわけはない――。

おれは一揆衆に加わる。

命助は怒りに震えながら決心したのだった。

関心がなかったわけではないから、荷駄商いで各地を巡りながら、一揆の話は色々と聞いた。そして、今日が一揆衆に加わる好機であることを摑《つか》んでいた。

しかし、果たしておれを迎え入れてくれるか――。

それが不安だった。

空はまだ明るかったが、西の山に日が隠れて鵜住居川の谷間《たにあい》は薄暗い影の中となった。

西の空が茜《あかね》に染まり、東の空から藍《あい》色が広がり始めた頃、前方に栗林の集落が見え始めた。鵜住居川はこの辺りから栗林川と名を変える。さらに上流の集落から西側、橋野村辺りまでは橋野川となる。

命助の足はさらに遅くなり、幼なじみの松之助《まつのすけ》の家が見え始めた辺りで、空に三つ四つ星が輝き始めていた。

命助は自分の家ではなく、松之助の家に向かう斜面の道へ足を進めた。

煮売り屋を生業《なりわい》としており、命助同様に偉丈夫で、子供の頃からの相撲仲間であった。

松之助は沿岸地方の一揆の責任者――、頭人らと関わりを持ち、弘化四年（一八四七）に起きた遠野越訴にも加わっていた。

『学があるお前が一揆に加わってくれれば、心強い』

栗林村には寺子屋もなく、親や古老から読み書き算盤《そろばん》を習う程度であったが、命助は幼少期に遠野に出て、小沼八郎兵衛《こぬまはちろべえ》という学者について四書五経をはじめとした学問を修めた経験がある。そんな学のある命助を、松之助はなんとしても仲間に引き込みたかったようだったが、命助はそれを断り続けていた。最近はその勧誘が鬱陶《うっとう》しく、しばらく距離を置いていた。

出入り口の腰高障子が囲炉裏の明かりを透かしているのを確かめて、庭先の白い花を咲かせた栗の木に馬を繋いだ。青臭い花のにおいがした。

命助は腰高障子の側に立つと、

「命助だ」

と声をかける。

「おおっ」

中から松之助の声がして、どたどたと板敷を走る音が聞こえ、大きな影が映って障子が開いた。

無精髭《ぶしょうひげ》の男が顔をほころばせる。

「久しぶりだな――。荷駄商いの帰りか」

松之助は庭に繋がれた命助の馬を見、

「まぁ入れ」

と命助を招き入れた。

囲炉裏端には、妻と小さい娘二人が座っていたが、命助が土間に入って来るのを見ると、一礼して奥へ引っ込んだ。室内の明かりは囲炉裏の火だけである。小さな炎が柱や梁《はり》の影を揺らめかせていた。

この時代、一番明るい明かりは蠟燭《ろうそく》である。しかし、高価であった。庶民は菜種油を使う行灯《あんどん》を常の明かりとして使っていたが、貧しい者は魚の油を使った。それさえも買う余裕のない百姓たちは、囲炉裏の火を明かりとしたが、それも日没から少しの間だけ。薪《まき》がもったいないからである。

夕飯を食ったばかりなのであろう、煮物の美味《うま》そうなにおいが漂い、家族分の箱《はこ》膳《ぜん》が囲炉裏端に重ねてあった。

「飯は食ったか？」

松之助は座りながら言って、自《じ》在《ざい》鉤《かぎ》にかけた鍋《なべ》の蓋《ふた》を開けた。

煮物のにおいがさらに強くなって、命助の腹がぐうと鳴った。

「そうか。まだか」

松之助は笑って、側の箱膳から木の椀《わん》を取り、木の柄杓《ひしゃく》で鍋の中から雑炊をすくった。

「おれの椀で悪いな。お前の家でも飯の用意はしているだろうが、まずは少し食っていけ」

松之助は椀と箸《はし》を差し出した。売り物の残りの煮物に、粟を入れた雑炊であった。

「あのなぁ、命助」

雑炊をかき込む命助に、松之助がすまなそうな顔を向けた。

「ゆっくりと話でもしたいところなんだが、もう少しすると客人が来るんだ」

命助は、空になった椀に目を落とす。

「その客に会いたくて来た」

命助は椀から松之助に視線を移す。

松之助の顔が一瞬強張《こわば》った。

「どんな客か知っているのか？」

「一揆の頭人らが集まるのだろう？」

命助の言葉で、松之助の顔が険しくなった。

「なぜそれを知っている？」

低い声で訊《き》く。

「もう一揆に身を投じるしかないと思って、色々と伝手《つて》を頼って調べた」

「お前、藩の間者《かんじゃ》ではあるまいな？」

「お前たち同様、おれも藩のやり方には腹を立てている。間者なんかであるものか。今まで仲間に加わらなかったのは、皆がおれの話に聞く耳をもたなかったからだ」

「しかし、お前は、稼がなければ借金を返せぬから一揆などに加担している暇はないと、おれの誘いを断り続けて来たではないか。それが急に仲間に加わりたいと言って来ても――」

「商売が立ちゆかなくなった」

命助は現状を素直に話した。

「自分の商売がうまくいかなくなったから、コロリと掌《てのひら》を返すのか」

松之助は呆《あき》れた顔をする。

「一揆衆だって、重税、新税で生業がうまくいかなくなったから、立ち上がったのであろうが」

「それはそうだが……」

「東の家を立て直そうと今まで我慢してきたが、もう限界だ。一揆に加わって世直しをしたい」

「うむ……」

松之助は困った顔をした。

「今まで断ってきたことについては謝る。けれど、仕方がないじゃないか。おれは本家とおれの家族を養わなければならなかった。それに、今までの一揆では頭人は必ず捕らえられて、処罰された。病で獄死した者もいる。それについては藩が毒を盛ったのだという噂もある。おれが死んだら、東の家はどうなる。だからおれは、頭人が捕らえられず罰せられることもない方法を考えついた」

「だがな、お前は前もそんなことを言って、仲間を怒らせたではないか」

「自分たちのいたらなかった点を批判されて腹を立てる方が悪い——。だが、そういう相手に話をしているのだということに思いが及ばなかったおれも悪い。今度はうまくやるから、なんとかとりなしてくれ」

命助がそう言った時、出入り口の障子が控えめに叩《たた》かれた。

「来たな」

命助はさっと立ち上がり、土間に飛び下りた。

「あっ、おい、命助」

松之助は慌てて追い掛けた。

命助が障子を開けると、外に満月の光を浴びて輪郭ばかりを浮かび上がらせた十五、六人の人影が立っていた。

「お前は誰だ」

先頭の男が鋭く訊いた。

「荷駄仕事をしている命助だ」

命助が答えると人影の一人が、

「東の分家の息子だ」

と小声で言った。

先頭の男は、ぐいっと命助を家の中に押すと、自分も土間に入った。その後からぞろぞろと男たちが続き、最後の一人が障子を閉めて心張り棒をかった。いずれも野良着に、汚い手拭《てぬぐ》いで頰被《ほおかぶ》りをしている。

命助を押した男が頰被りを取った。命助よりも頭一つ背が低い。伸びた月代《さかやき》の下の色黒の顔から鋭い目が命助を睨み上げた。

「なぜお前がここにいる？」

男の仲間たちが殺気立って命助を囲む。

命助は睾丸《こうがん》が縮み上がるほどの恐怖を感じながらも、

「仲間になりたい」

と言った。なんとか声は震えずにすんだ。

「ほぉ」男はにやりと笑った。

「今までさんざん松之助の誘いを断っていたそうではないか。どういう風の吹き回しだ？」

「商売が立ちゆかなくなった。すべて悪政のせいだ。だから、おれも一揆の仲間に入れてくれ」

命助は言った。

男は命助を睨んだまま、

「誰か外を見て来い。捕り方が潜んでいるかもしれん」

と言う。三人ほどが心張り棒を外して外に出た。

「おれが名乗ったのだ。あんたも名乗れ」

「おれは野田通朽木《くつき》村《むら》の肝入、権之助《ごんのすけ》だ」

すぐに三人の男たちは戻ってきて、「捕り方の姿はない」と報告した。

権之助は命助を睨みつけたまま肯き、板敷に上がり込んだ。

「話だけは聞いてやろう」

権之助は囲炉裏端に座り、命助に手招きした。命助は権之助の隣に座った。男たちがぞろぞろと上がって、板敷は一杯になった。

「お前は一揆をどう考えている？」

権之助が訊く。

「手緩《てぬる》いと思っている」

命助は答えた。男たちが「なんだと！」と色めき立つ。

松之助は「おい命助。同じ轍《てつ》を踏むな」と袖《そで》を引っ張る。

権之助が手で制すると、男たちは口を閉じた。

「ほぉ、どう手緩い？　三月の野田通代官所襲撃では、役人を逆さ吊《づ》りにしてやったが、あれも手緩いと？　殺してしまえばよかったのか？」

「そんなことを言うているのではない。あの騒ぎの最中《さなか》、頭人の忠兵衛《ちゅうべえ》が卒中で死んだと聞いた。中途半端で引き上げたのは仕方がなかろう。まず言いたいのは、遠野越訴だ」

弘化四年十一月。藩から千四百三十両もの税を割り当てられ、厳しい取り立てを受けた野田通の人々は、近郷の者たちを巻き込んで遠野になだれ込んだ。その数一万二千人。

税を払えないから、仙台《せんだい》藩に越境し出稼ぎをして金を作ると主張し、早瀬川《はやせがわ》の川原に集結した。

「あれは小本《おもと》の親爺《オドウ》の兵略だ」権之助は険しい顔になる。

「お前はそれに文句をつけるか」

小本の親爺――、浜岩泉村《はまいわいずみ》の切牛《きりうし》に住む牛方の弥五兵衛《やごべえ》という老人であった。天保《てんぽう》の頃から荷駄商いをして村々を回り、十数年かけて盛岡領内ほとんどを遊説して一揆の思想を広め、一揆衆の者らからの尊敬を集めていた。

同じ荷駄商いをする命助は、何度か小本の親爺に会ったことがある。一揆についての話を聞きながら酒を酌み交わし、そのたびに一揆衆に加わるように言われたが、断ってきた。

「盛岡城下に向かわなかったのは賢い選択だった。十七年前の天保七年の一揆では盛岡に押し寄せて御用金免除を求めたが、藩は要求を飲むふりをして一揆の頭人を捕縛した。そして約束は反故《ほご》にされた。天保八年の一揆も同様だ。だから、地元に善政を布《し》く遠野侯、南部弥六郎さまのお膝元《ひざもと》に押し掛けたのは正しい。少なくとも約束は守ってくださるお方だ」

命助は口を閉じて権之助の反応を見る。

権之助は顎《あご》で続きを促した。

「あの時の要求は、定役年貢のほか新規のお役立課金はやめてほしいというものであった。やめてほしいお役立課金について二十五箇条の要望として藩に提出した。その中で認められたのは十二箇条。残りは藩に持ち帰って吟味するという答えだったが、うやむやになった。そして結局、小本の親爺は捕らえられて獄中死した」

「すべて藩のせいではないか。為政者らが庶民を軽く見ているから、嘘をつきつづける」

「庶民がお人好《ひとよ》しの馬鹿だから、騙され続けるのだ」

「なんだと！」

数人が怒声を上げて立ち上がる。

命助は平然とそれを見上げる。不思議な度胸がつきはじめていた。相手が激昂《げっこう》すればするほど、冷静になっていく自分に少し驚いた。

相手の怒りは本物ではない。本当に怒ったのなら、即座にこちらに摑みかかっているはずだ。けれど、怒鳴ったきり突っ立ってこっちを睨んでいる。

仲間たちの手前、いいところを見せたいか。

それとも、図星を指されて戸惑っているのか。

あるいは、有効な解決方法を見いだせず、己自身に苛立《いらだ》っているのか――。

「まぁ聞け。為政者が庶民を軽く見て嘘をつきつづけるということを知っているならば、なぜそれに対抗しようとしない」

「どう対抗せよと言うのだ。向こうは刀も槍《やり》も鉄砲も持っている。そして、こちらを殺すことなどなんとも思っていない」

権之助は吐き捨てるように言った。

「本当にそうか？　一揆が大きくなり、その鎮圧のために大勢の民百姓を殺したとなれば、御公儀からのお咎《とが》めがある。向こうも怖いのだ。だから、武器で脅して鎮圧しようとする。やむをえない場合には傷つけ殺す。しかし、それは脅しだ。皆殺しにすることはない。嘘をついてあとから頭人を捕らえるのも脅しだ。一揆を起こせばこういうことになるという見せしめだ。お前たちが今、おれを怒鳴りつけたのと同じだ。おれがさらに気に食わないことを言えば、二、三発叩いて黙らせるだろう──。しょせん、侍も百姓も人よ。考えることは同じだ」

命助の言葉に、立ち上がった男たちはばつの悪そうな顔をして、一人、二人と座る。

最後の一人が荒々しく腰を下ろしたのを見て、権之助が「それで？」と命助を促した。

「藩にも弱みがある。そこを突かずに中途半端な攻撃を仕掛けるから、いつも騙されて負けるのだ」

命助は男たちの顔を見回した。不快そうな表情をしている者もいたが、多くは真剣な顔で命助を見ている。松之助などは、目を輝かせて命助の次の言葉を待っている。

大槌を発《た》った時から、どう話をして頭人らを納得させるか、色々と考えた。

これは、取引で商売相手を籠絡《ろうらく》する方法と同じ。焦《じ》らしながら、相手が求めているものを小出しにする。すると相手は、本当に欲しいものを求めて、こちらの話を真剣に聞くようになる。

商売がこういう所で役立つか――。

相手をこちらの話に引き込む方法は山ほど会得している。これは、藩との交渉にも役立てられるかもしれない――。

そんなことを考えながら、命助はゆっくりと口を開く。

「手緩いというのは、本当に仙台へ越訴しなかったことだ」

声にならないざわめきが板敷に起こる。

「それは――」権之助は首を振る。

「今、お前が言った脅しだ。本当に仙台藩へ越せば、大騒ぎになる。盛岡藩がお取り潰《つぶ》しにでもなったら、次に入ってくる大名が南部家よりもましであるという確証はない」

「お取り潰しになどなるものか。仙台藩とて面倒は御免だと考える。まずは御公儀に訴えることなく、二藩の間で事を収めようと考える。こちらは仙台藩を味方につけ、交渉を有利に進めるのだ」

「口で言うのは容易《たやす》い。どうやって仙台藩を味方につけるというのだ？」

「仙台藩は一揆に関わって一度、盛岡藩に面子《メンツ》を潰されている」

「面子を？」

「十六年前の天保八年。和賀《わが》の一揆衆が仙台領に越境して、藩境近くの相去《あいさり》町と六《ろく》原《はら》村に留《とど》め置かれたことがある。盛岡藩は、仙台藩の郡奉行と話し合い、一揆衆を引き取った。その時に約束したのが、頭人を処罰しないことや事を内密に処理すること。しかし盛岡藩は一揆衆を帰国させるやいなや、頭人を打ち首獄門。一揆に加担した者たちは追放にされた。この事を涙ながらに訴えれば、仙台藩は味方になる」

「うーむ。よく調べたな」

権之助は唸《うな》った。

「本気で一揆衆の仲間になりたいんだ。荷駄商いの合間に、あちこちの古老から話を聞いて必死で学んだ――。小本の親爺とも話をした」

命助は言うと男たちの目つきが変わった。

「小本の親爺ともか……」

尊敬の目差《まなざ》しで見る者もいた。

「仙台領の上有住《かみありす》に移り住もうという算段も知っている」

「なに……」

権之助は鋭い目を松之助に向けた。「松之助ではない」命助は言った。

上有住に移り住む計画は、栗林村の孫吉《まごきち》という男が密《ひそ》かに進めているものであった。

「孫吉に酒を飲ませて聞きだした。誰にも言っていないから、孫吉を怒るなよ――。先祖代々、汗水垂らして耕し、広げてきた土地を捨てて他藩に移るという覚悟は相当なものだ。しかし、上有住には何人が移り住める？　もし、千人、二千人と数が増えたらどうする？　弘化四年の遠野強訴では一万二千人が集まった。上有住に一万二千人が住めるか？　一揆には百姓ばかりではなく、漁師も加わる。上有住は山の中で、海はないぞ」

「ううむ……」

「そこはお前たちも悩ましいところではないのか？　そこでおれは考えた」

命助は言葉を切って焦らす。

頭人たちは少し身を乗り出した。

「仙台領に手間取りに出る」

手間取りとは出稼ぎのことである。

「手間取りか……」

頭人の一人が肯いた。

「手間取りをしなければ、御用金を払えない。あるいは、御用金を払ったので暮しが立ちゆかない。そういう者は多いはずだ。また、そういう政をしている盛岡藩に恥をかかせることもできる」

「だが、それでも一万二千人は多すぎるぞ」

別の頭人が言った。

「仙台領までは長旅だ。根性のない者は振るい落とされる。百人も残れば御の字だ——。どうだ。おれは兵略を立てるのに役に立つぞ。仲間に入れてくれぬか?」

命助は頭人らの顔をちらりと見ながら、権之助に頭を下げる。

頭人らの顔には最初に見せた警戒の表情はない。こちらの言葉に腹を立てた者たちも同様だった。この様子ならば、今夜の会合から仲間に入れてもらえるだろう。

命助はそう思ったのだが――。

「駄目だな」

権之助の言葉に、命助は驚いて顔を上げた。

ほかの頭人らも意外そうな顔で権之助を見ている。権之助は腕組みをして、すっと目を逸《そ》らした。

「なぜだ、権之助」言ったのは松之助だった。

「命助を仲間にすれば、大きな力になる」

その言葉を聞いて、命助は自分の大きな計算違いに気づいた。

嫉妬《しっと》である。頭人らのまとめ役らしい権之助の嫉妬を計算していなかった。

こちらの知恵をひけらかしすぎた――。

おれを仲間にすれば、自分の立場が危うくなると権之助は考えたに違いない――。

命助は唇を嚙む。

「まずは、頑なに加担することを拒んできたのに、急に掌を返したことが怪しい。次に、昔の一揆に詳しすぎるのも怪しい。古老に話を聞くよりも、役所の口書綴《くちがきつづり》を読む方が、手早く学べる。小本の親爺の名を出したのもわざとらしい――。なによりお前が盛岡藩の間者ではないという証《あかし》がない」

「弱ったな……」

命助は顔をしかめて後ろ首を掻《か》いた。

強硬に仲間にしてほしいと言い立てても、かえって権之助の態度を頑なにするだけだ。ここは一旦《いったん》引くしかない――。

「分かった。それじゃあ帰って、首を括《くく》る用意でもしよう」

命助は深い溜息《ためいき》をついて、立ち上がった。

本当に首を括らなければならなくなる前に、なんとかなればいいが――。

「命助……」

松之助が泣きそうな顔で、土間に下りる命助を見ている。命助は力無く手を振って見せ、外に出た。

栗の木から馬の手綱を解き、家への道を辿《たど》る。

月光が黒々とした影を道に落としている。

今頃、松之助は懸命に権之助を説得しているだろう。

権之助も、馬鹿ではない。意固地になっておれを仲間にしないと言い続ければ、〈小さい男〉という評判が立ってしまう。それは避けたいと考えるはずだ。

ほかの頭人がどのくらい権之助に忖度《そんたく》するかにもよるが、数日中には仲間にする旨の返事が届くはずである。

権之助の頭がもっと回れば、おれが藩の間者である可能性に触れた後、鷹揚《おうよう》に加担することを認めただろうが――。

ともかく――。本家とおれの家族、合わせて十一人が食いつなぐ銭が欲しい。

もし、商売が順調ならば、今でも一揆衆とは距離を置いていたに違いないが、主義主張よりも今日食う米。有用な人材は飢えさせることはないだろうという狡《こす》っ辛い考えである。そのことに後ろめたさを感じるが、一揆衆の役に立てば、それでいいではないか――。

一揆衆には金がある。そういう話をあちこちで耳にしていた。

一揆の準備には金がかかる。三閉伊の一揆衆には金蔓《かねづる》がある。

一つは、北郡野辺地《のへじ》の豪商、野村治三郎《のむらじさぶろう》から三千両の軍資金を借りたという噂である。

もう一つは、藩主に疎まれて失脚した侍たちであった。

現在の藩主は南部利剛《としひさ》。前の藩主は利義《としとも》。利義はその前の藩主である父利済《としただ》の政策に異を唱えたために疎まれ、早々と隠居に追い込まれた。

利剛は幼い頃から父の言うことを聞く〝良い子〟で、政の実権は利済が握っている。事実上の院政であった。

利済の浪費が藩の財政を逼迫《ひっぱく》させたともっぱらの噂であったが、命助は、利済が行う〝贅沢三昧《ぜいたくざんまい》〟はかならずしも悪いと思わなかった。

大奥の改装も、街道筋に豪華な遊廓《ゆうかく》を作ることも——。命助の時代には〈重商主義〉という言葉こそなかったが、金は使ってこそ回るもの。

反対派たちが主張する倹約を推し進めれば、人々はこぞって財布の口を固く締め、慢性的な不況に陥るからである。

だが、利済のやり方は強引すぎた。

利義に対するやり口と同様、自分に反対する者はすべて追いやってしまう。何人の家臣が罷免に追いやられたことか。

それに、四年前の嘉永二年、隠居した利義をもう一度藩主に戻したいという動きが起こったとき、それに加担した者たち二百人余りが捕らえられ、閉門、逼塞《ひっそく》、差控え、永牢《えいろう》、家禄《かろく》没収などの処罰が下された。捕り方の手を逃れて、あるいは罰が解かれた後、脱藩した者たちも多かった。中には相当の財産をもつ旧臣もいるという。

商売で食っていけないのだから、少し回してもらおう——。

一揆に加担する理由としては、褒められたものではないことは重々承知している。こちらは知恵を出し、その代価を少しばかり受け取り、本家とおれの家族が生き延びる。一揆が、民百姓らが生き延びるための戦いならば、これはおれたち一家が生き延びるための戦いなのだ。

命助は胸を張って帰路を辿るが、その背はしだいに丸くなっていった。

二

命助の家は街道沿いに建つ大きな直屋《すごや》であった。松之助の家と同様、出入り口の腰高障子だけ、囲炉裏の明かりを透かしていた。

命助は障子を叩いた。

「おれだ。命助だ」

中に声をかけると、板敷で待っていたらしい妻のまさの返事が聞こえ、潜り戸が開いた。

「お疲れさまでございました。様子はいかがでございました？　栗林でも樵《きこり》の所に催促人が来ていました」

土間に入る命助に、まさは心配げな顔で訊いた。

「うむ——。取引のある漁師らも辛《つら》い思いをしている様子だ」

命助は、渡しそびれた干菓子の包みを三つ、風呂敷包みから出した。

「気の毒で声をかけることもできなかった。こんなものでも少しは腹の足しになったかもしれないが……」

言って、命助はまさに包みを渡す。

まさは切なそうな顔でそれを受け取った。

「ならば、これからは荷駄仕事ができないので？」

「難しいだろうな」

命助は、草鞋《わらじ》を脱いで用意されていた盥《たらい》の水で足を洗う。

「馬を売るしかないのでしょうか……」

「いや、なんとかする——」まさから受け取った手拭いで足を拭《ふ》くと、命助は板敷に上がった。

「心配するな。世の中、そう悪いことばかり続くものではない——。今、松之助の所へ行ってきた」

「まぁ。では、一揆衆の仲間になるつもりですか？」

「もはや、藩のやりかたを変えさせなければどうにもならん」

「でも……」

まさは、さらに心配そうな顔になる。命助はまさに、『必ず頭人が捕らえられるような一揆には加担しない』と言い続けていたのだった。

「頭人が捕らえられず、一揆衆の言い分も充分に通る手を考えてある」

命助はまさに笑顔を向けた。

まさは命助の賢さをよく知っているので、少しだけほっとしたような顔をして肯いた。

＊　＊

命助は翌日から田畑の仕事に出た。

本家の後家のまつよと、七歳になる息子の半蔵《はんぞう》、妹のはる。命助の息子、十五歳の定助《さだすけ》と十二歳の千代松《ちよまつ》、八歳の善太郎《ぜんたろう》、五歳のさとは一緒に野良に出ていた。

母とまさは、二歳のちきの面倒を見ながら、もうじき生まれる子供の産着を縫うために家に残っていた。

野良仕事とはいっても、田植えは終わっていたし、夏野菜の収穫には少々早く、雑草取りや、畦草《あぜくさ》刈り程度しかすることはなかった。

黙々と田圃《たんぼ》の草を取り、畦の雑草を刈る子供たちや、本家の後家の姿を見ていると、この者たちをなんとか飢えさせないようにしなければならないという責任感に押し潰されそうになった。

次の日も田の草取りが続いたが、命助は懸命に働く後家や子供らの姿が視界に入ってくるのが苦しくて、草取りを任せて、馬を連れて入会《いりあい》の山（村人共有の山）に入った。

馬を草地に放し、草を喰《く》わせている間、焚《た》き付けにできる柴《しば》を刈った。ついでに馬の飼い葉も刈り、できるだけ体を動かして焦りを忘れようとした。

昼過ぎに外の仕事がなくなり、仕方なく土間で昨年の秋の藁《わら》を使って草鞋作りや縄綯《なわな》いをしたが、すでに冬の間にずいぶん作っていたから、仕事に熱が入らない。

思いは、一揆衆の仲間になれるかどうかという問題に向いてしまう。

松之助からの連絡はない。

では、松之助の所へ行ってみようかとも思うが、物欲しげで、それはよくないと思い返す。

苛立ちがつのり、命助は縄綯いを放り出して、家の奥まった座敷へ向かった。板敷で縫い物をしていたまさは、気遣わしげに命助を見送った。

命助は小さな座敷に入ると、行李《こうり》を開けて、荷駄商いをしながら方々の古老から聞き書きした留書帖《とめがきちょう》を読み直しながら時を過ごした。

集中して読んでいるつもりが、いつの間にか目は文字を上滑りして、意識は別の方へ飛んでしまう。

これからどうするかである。

今までは、なにかにつけて楽天的にものを考える命助であったが、今度ばかりは出口を見つけられない。ああでもない、こうでもないと考えるが、自分の努力ではもうどうしようもない。

真面目に働き続けても、乱発される新税、増税のために、蓄えも目減りするだけ。五十歳になるまでは懸命に働き蓄財して、あとは楽隠居――。そんなのは遠い遠い昔の話だ。

それは庶民の感覚が欠如している為政者たちのせいだ。俸禄の借り上げ――、実質の減俸で、侍たちも身を切っているという話も聞こえてくるが、飯も食えず飢えている庶民からすれば、まだまだ贅沢三昧。減った俸禄の分を、商人たちから賂《まいない》として巻き上げている者もいるという。

侍という地位に代々座り続けてきた者たちが司《つかさど》る政など、しょせん侍のためのものにしかすぎない。

俸禄は米でもらうから、連中も米一俵がいくらするかは知っているだろう。

だが――。

鰯《いわし》が一匹いくらするのか。

草鞋が一足いくらするのか。

青菜が一束いくらするのか――。

そんなことも知らない、知ろうともしない侍たちに、庶民のことが分かるはずはない。

以前から漠然と考えていたことであったが、こういう状況になって初めて、己のこととして考えられるようになった。

松之助を訪ねた時にも、まだ他人事《ひとごと》の感覚であった。しかし、一揆衆に加わって少しばかり金を融通してもらおうという目論見《もくろみ》が失敗して、初めて自分がそういう世の中に生きているのだという実感が持てたのである。

小狡《こずる》く立ち回ろうとしていたから天罰が下ったのかもしれない――。

はっきり言って、己の利のために一揆を利用しようとした。政への否を叫ぶよりも、まずは己の生活を考えた。これでは、今までとまるで変わりがない。

「いかん、いかん。心根を入れ換えなければ、じり貧の人生となる……」

命助は座敷にごろりと寝転がった。

「命助。おるか？」

裏庭側の障子の外から声がした。

松之助の声だった。

命助は飛び起きて障子を開けた。

真剣な顔をした松之助が立っていた。

「今夜、五ツ半（午後九時頃）、おれの家に来い。権之助が来る」

「権之助は、おれを仲間にすると言ったか？」

「お前が帰った後、説得したのだが、『少し考えてくる』と言って、朽木村へ戻った。今夜、答えを持ってくる」

「ほかの頭人たちの様子はどうだった？」

「お前を迎え入れたいようだったが、権之助に遠慮して口には出さなかった」

「そうか……」それなら望みはあると命助は思った。

「分かった。遅れずに行く」

松之助は背いて踵《きびす》を返した。

三

命助は、少し早いとは思ったが、五ツ（午後八時頃）に、家にあったどぶろくを五合徳利に詰めて、家を出た。まさは眉根《まゆね》を寄せて、命助を見送った。

松之助の家は、あの夜と同じように、腰高障子に囲炉裏の明かりが揺れている。

「命助だ」

中に声をかけると、「入れ」と松之助の声がした。

命助は障子を開けて土間に入る。すでに囲炉裏を囲んでいたのは、松之助と、同じ栗林村の百姓孫吉、少し上《かみ》の橋野村の深松《ふかまつ》。そして、権之助であった。

命助は板敷に上がって松之助に徳利を渡す。

松之助はどぶろくを徳利から片口に移すと、湯飲みを五つ出して注いだ。

「二十日に、田野畑《たのはた》村で集まりがある。野田通の田野畑、羅賀《らが》、黒崎《くろさき》、普代《ふだい》、各村の一揆衆が集まる」

松之助が言った。

「そうか、明々後日《しあさって》か。では、一揆衆がここまで南下して来たら、おれは栗林村の代表として加わる」

命助は茶碗《ちゃわん》を受け取って言う。

「いや」権之助が酒を啜《すす》りながら首を振った。

「栗林村の代表は、松之助に務めてもらう」

「なぜ」命助は眉根を寄せる。

「おれは栗林の肝入だ」

「まだ代理であろうが」権之助は鼻で笑う。

「それにおれはまだお前を信用しておらぬ。藩の間者でないことがはっきりするまで、おれと一緒に動くのだ」

「おれに田野畑に来いと？」

「そうだ。お前に見張りをつける。怪しい動きをしたら、即刻逆さ吊りだ」

「殺すとは言わんのだな」

「人殺しはせん。たとえ裏切り者でもな。ただし、お前が裏切り者と分かったならば、逆さ吊りだけではすません。家を跡形もなく壊す」

命助はごくりと生唾《なまつば》を飲む。裏切り者ではないことは、自分が一番よく知っていたが、もし、誤解から裏切り者と判断されてしまえば――。

一揆に加担しようという判断は誤っていたか。さりとて、今『やっぱり加担するのはやめる』と言い出せば、ますます怪しまれるだろう。さて困った――。

と考えた命助であったが『いやいや――』と、思い直す。

先日、推当《おしあて》（推理）したように、権之助が嫉妬からおれを疎ましく思っているのなら、それはつまり、おれの頭が己より優れているのを認めているということだ。自分の側におれを置いておくというのは、つまりおれに兵略を考えさせて、自分の手柄にしようと考えているのではないか？

ならば、一揆が勝利で終わるまでは、おれは逆さ吊りにされることはない。

ということは、一揆が失敗しそうになったら、即座におれの責任にされるか――。

命助がそんなことを考えて、会話に間が空いたので、権之助は眉間に皺を寄せた。

「逆さ吊りにされ、家が壊されると聞いて怖《お》じ気づいたか？　間者でなければ恐れることもあるまい？」

「怖じ気づいてなどいないさ」命助は平然を装って微笑んだ。

「お前と一緒に田野畑まで行くのは承知した。それで、どんな兵略でいく？」

「仙台に越訴する」

権之助は言った。

やはり、おれの案を盗むか――。

命助がそう思ったのが顔に出たのだろう。権之助は即座につけ足した。

「お前の案ではないぞ。おれは、前々から考えていたのだ」

「そうか――」言いながら、命助は一つの危惧《きぐ》を抱いた。

「それでその話、皆に伝えたか？」

「これから頭人全員に伝え、一揆衆に伝達させる」

やはり――。と、命助は思う。仙台越訴を自分が考えたと言い張るつもりならば、それを皆に告げておこうと考えるに決まっている。

「それはやめた方がいい」

命助は言った。

「なぜだ？」権之助は険しい顔をした。

「お前が……、いや、お前も仙台越訴をするのがいいと言うたではないか」

松之助と孫吉、深松も小首を傾げて命助を見る。

「仙台越訴をやめた方がいいと言っているのではない。仙台へ向かうことを皆に知らせるのはやめた方がいいと言うているのだ」

権之助は訊く。

「一揆衆の命を守るためだ」

「なにを言うておる。訳が分からん……」

「頭人が知っているのはいいだろう。しかし、一揆衆がそれを知っていれば、『仙台に行くぞ！』と大声で騒ぎ立てる。当然、それは侍らの耳にも入る。となればどうなる？」

「仙台への街道は閉じられるか……」

松之助が腕組みして難しい顔をした。

「数をたのんで封鎖を打ち破ることもできようが、藩は絶対に越境などさせまいと鉄砲、大筒を用意して、こちらには大勢の犠牲が出る」

「うむ……」

権之助も腕組みをして唸った。

「ではどうする？」

松之助が訊いた。

「それは追々《おいおい》」

「なぜだ？」

命助は言った。

兵略を小出しにして、一揆衆が藩の裏をかき続けているかぎり、おれは裏切り者の濡《ぬ》れ衣《ぎぬ》を着せられることはない――。

「おれは権之助の側にいるのだから、兵略を考えたらすぐに伝える。お前がそれを皆に命じればいい」

命助は権之助を見た。自分は前に出ないと言っているのだから、権之助がそれを断る理由はないと、命助は思った。

「分かった。そうしよう」権之助は言う。

「孫吉。南の頭人に、仙台に向かうが、一揆衆には遠野に行くと伝えよと言って回ってくれ。おれは野田に戻りながら北の頭人に伝えて歩く」

孫吉は肯いた。

命助が訊いた。

「それで、いつ田野畑へ出立する?」

田野畑は大槌の北。その道は平坦《へいたん》ではない。深い峡谷を上り下りする九十九折《つづらおり》の坂が幾つもあり、二十里（約八〇キロ）を超える道程である。

移動手段は徒歩であるから今夜中に出た方がいいことは分かっていた。しかし、権之助を立てておく方が無難だと命助は思ったのだった。

「すぐに発つ。待っていてやるから用意をして来い」

権之助は偉そうに言う。

「分かった」

命助は湯飲みの酒を一気に干すと、土間に下りた。

＊　　＊

家に戻ると、まさはまだ起きていて、腰高障子を開けた。

「これから田野畑へ向かう。用意をしてくれ」

命助は言った。荷駄商いで何日も旅をする命助であったから、まさは急な旅の用意は慣れっこのはずであった。

しかし、まさは眉を八の字にして、命助を見上げている。囲炉裏の明かりが涙に潤んだ目をゆらゆらと照らしている。

命助はどきりとした。

そして思わずまさを抱き締めた。大きくなった腹を強く押さないように、腰が引けた形になった。

「必ず生きて帰ってくださいませ……」

耳元でまさが囁《ささや》くように言った。

「当たり前だ。少しの辛抱だから、皆をよろしく頼む。野田から使いを出して、当座の暮らしができるくらいの金を送る」

「皆を起こしてきましょうか？」

「無用だ。今生の別れではない。必ず、藩の侍どもに勝って帰ってくる」

命助はそっとまさの体を離した。

「はい……。では、用意をして参ります」

まさは顔を掌でごしごしと擦《こす》り、板敷に駆け上がった。

四

盛岡領三閉伊地方に、南北に通る海沿いの道はほとんどない。それは、海岸線の大部分が海に迫《せ》り出す岬であったり、切り立った崖《がけ》であったりと、道を通せる土地がないからである。しかも、海からすぐに山地が続く地形で、上り下りを延々と繰り返す道なのであった。大槌から田野畑までの間には、鯨《くじら》峠、石《いし》峠、塚《つか》の峠、など大きな峠が幾つもある。

しかし、命助と権之助はお互いに意地があったから、疲れた姿は見せられないと、抜きつ抜かれつ、山道を走った。

狭い道であったから、行き交う行商人らを押しのけるようにして二人は進み、二日半でその道を駆け抜け、十九日の夕方には、田野畑村に到着した。

二人とも疲労困憊《こんぱい》、一揆衆が集会の場としている村はずれの百姓屋に転がり込んで土間にひっくり返り荒い息をした。

板敷には三人の男が座っていて、その中の百姓二人が土間に飛び下り、命助と権之助を助け起こした。

板敷のもう一人、半白の総髪を結った浪人風の男は立ち上がり、竈《かまど》の脇の水瓶《みずがめ》から柄杓で丼に水を汲《く》み、二人のもとに持って行く。

三十代の百姓が大柄な命助を、六十過ぎの百姓が権之助を介抱した。浪人風の男は二人に丼を渡しながら、命助を驚いたような顔で見ていた。

「なにか？」

命助は丼を受け取りながら、浪人者に訊いた。

「いや、知り合いに似ていたものでな」

浪人はそう言うと、命助たちから離れた。

「あんたが栗林の命助かい」命助を後ろから支えた男が言った。

「おれは田野畑の頭人、多助《たすけ》だ。そっちは沼袋《ぬまぶくろ》の初之助《はつのすけ》。お侍さんは小野新十郎《おのしんじゅうろう》さまという」

「よろしく頼む。権之助の付き人になった命助だ」

命助は水を貪《むさぼ》るように飲みながら皮肉交じりに言った。

「付き人？」

多助は片眉を上げながら権之助を見る。

「藩の間者だったら大変だからな」権之助も水を飲みながら答える。

「しばらくの間、おれの側に置いて様子を見る」

「利済さまのお側衆、石原汀《いしはらみぎわ》は間者を使っておるが、栗林村の命助という男は聞いたことがないな」

小野は囲炉裏端に戻りながら言う。

「小野さまも間者をみんな知っているわけじゃございますまい」権之助は言う。

「用心に越したことはありません」

「まぁ、好きにすればよい」

小野はそれきり口を閉じる。

「急ぎ、近隣の頭人らに知らせを走らせてほしい。仙台を目指すが、一揆衆には遠野に向かうと伝えてくれ」

権之助は命助の兵略を、己の考えとして語った。

「一揆衆を謀《たばか》るのか？」

多助は眉をひそめた。

「気に入らんな。なぜ謀る？」

初之助が言う。

「いや、いい手だ」小野は肯く。

「弘化四年の件があるから、百姓共は味を占めて遠野に向かう――。お城の者らはそう信じて、遠野への街道を守り、仙台領に抜ける平田《へいた》の番所は手薄になる」

「権之助」命助は立ち上がり、板敷へ向かう。

「おれを間者と疑うんなら、小野さまを疑わない確かな証があるんだろうな」

「御目見得以下の勘定方であるにもかかわらず、利済さまに諫言《かんげん》の文を書き、疎まれた――。おれの話だけでは証にはならぬな」

小野は小さく眉を上げた。

命助は、小野が勘定方であったという言葉に小さな期待をもった。金を扱う勘定方であったのなら、藩の金を持ち出して出奔したということも考えられるし、一揆衆の銭函《ぜにばこ》に関わっているということも考えられる——。

「野田には利済公の勘気を受けてお城を追い出されたご重役も御座《おわ》す」権之助が言う。

「その方のお墨付きがある」

「侍の話は信じて、おれの話は信じないというのは、話がおかしかろう」

命助は呆れて言ったが、まずは考えを聞いてみないことには、判断がつかない。

命助は小野の脇に腰を下ろす。

「小野さまは、利済公の政——、というよりは、院政について、どのようにお考えで？」

「間違いではないと思っている」

小野の答えに、命助以外の頭人たちは、眉をひそめた。

「金は、使ってこそ世の中に回る。城内に新しい建物を建てることも、街道筋に豪華な遊廓を作ることも、大工や職人に賃金が支払われ、世の中に回る——」

小野の話を命助が引き継ぐ。

「さらに街道を行く旅人が遊廓を使えば、他藩の金が盛岡に落ちる——。しかし、それは、景気がいい時の話。火の車をいくら回しても火はさらに燃え上がるばかりでございましょう」

「確かに。しかし、金を回すことが景気回復の第一の方法として実施した人々は、必ず緊縮派の者たちに追い払われる。昔、尾張《おわり》藩主であらせられた宗春《むねはる》公がいい例だ。緊縮派の家臣らの邪魔がなければ、尾張は大坂、江戸を凌《しの》ぐ商人の国になっていたはずというのが、利済公と、お側衆らの考えだ」

「しかし、それは緊縮のための改革についても同じでございましょう。贅沢を差し控えるようにという政策は、いずれも長くは保《も》たずに潰れてしまいます」

「よく学んでおるな——」小野は感心したように言う。

「なぜ改革が潰《つい》え去ったか。それは、民衆が我慢することに耐えられなくなるからだ。倹約、倹約と頭を押さえつけられれば、反発したくなる。逆に、どんどん金を使えと言われれば、それによって懐が温かくなる者たちへのやっかみが溜まっていく」

「確かに。では、どのようにすればよいとお考えで？」

「逆に、お主に問いたい。どうすればいいと思う？」

ほかの頭人たちは、黙って二人のやりとりを訊いていた。権之助はなんとかその議論に割って入りたい様子であったが、それだけの知識がないようである。

「盛岡領の民百姓の困窮を辿っていきますと、武家の困窮に行き当たります。まぁ、民百姓の貧しさに比べればまだまだでございますが――。ともかく、武家の困窮を辿っていけば、南部家の困窮に行き当たります。南部家の困窮は、文化《ぶんか》五年から始まりました」

文化五年（一八〇八）は、南部家がそれまでの家格、十万石から二十万石に引き上げられた年である。長い間幕府に要望し続けた昇進ではあったが、石高はあがっても領地が増えたわけでもなく、果たさなければならない責任とそれに関わる歳費ばかりが増えた。

寒冷な土地で不作、凶作が連続することも多く、農民たちはただでさえ貧困の中にあったが、増えた歳費を賄うために新税、増税が乱発されることとなった。

そして、南部家は、蝦夷《えぞ》地《ち》への出兵や沿岸の防衛を命ぜられた。軍役に対する負担は石高に比例するので、盛岡藩は十万石であった頃の倍の出費を求められたのである。

そのしわ寄せは庶民に襲いかかり、新税、増税、御用金の負担がさらに増えた。

そして、一揆が頻発するようになったのである。

「つまりは、盛岡藩の民百姓の窮乏を辿っていけば、国の仕組みに行き当たるのでございます。諸国の下級武士が行き着いた結論と同じでございますよ」

「世の中の仕組みが変わらなければ、民百姓は豊かにならないということか」

「わたしは十七歳の年から三年間、秋田藩の院内《いんない》銀山に出稼ぎに出たことがございます。天保の飢饉《ききん》のおりでございました。山野草や木の皮まで食わざるをえず、餓死者も出ました。良く食う村の若者たちで示し合わせ、口減らしのために、遥《はる》か出《で》羽国《わのくに》まで出かけたのでございますよ。お侍はそのような民百姓の苦労は分かりますまい」

命助は言ったが、小野は小さく笑った。

「院内銀山は大層景気が良く、山には遊廓もあり、旅芸人たちもよく訪れ、興行が行われるという。また、飢饉のおりにもお救い米が真っ先に届けられるから、飢えることはないと聞いた。村の者が飢餓に苦しんでいる時に、お前たちはたらふく食っていたということだな」

痛いところをつかれて、命助は渋い顔をして話題を変えた。体の目方が急速に増えていったのもその時期であった。

「それはともかく——。御公儀も貧しているという話を耳にしますが、御金蔵にはまだまだ金が眠っておりましょう。それは諸国の城の御蔵、大商人の蔵も同様でございます。金の流れをよくする努力もせずに、御公儀は諸大名に、諸大名は領民に、金を出せとせびる。やり口としては、町のゴロツキと変わりませぬな」

頭人たちは、浪人とはいえ侍を相手に思い切ったことを言う命助を、はらはらしながら見ていた。

「藩の政に関わっていた者とすれば耳が痛い話だ」小野は肩をすくめた。

「しかし、それならば、いくら辺境で一揆を起こしても仕方があるまい」

「その通りでございます。たとえば、盛岡藩が一揆衆の求めに応じて藩政を改革しても、御公儀の考え方が変わらなければ、限界がございます。しかしながら、諸国で民百姓が同じ志をもって蜂起《ほうき》すればいかがでございましょう？」

「こういう言い方をするのは申し訳ないが、命助よ。百姓にそのようなことはできぬ」

「なぜでございます？」

「何百年もの間、ただ土を耕し作物を作り、荘園主や侍に搾取される生き方をしてきたのだ。権力に抗《あらが》うより、口では文句を言いながらも、唯々諾々と従うことに慣れておる。水は低きに流れるものよ。百年先、二百年先もずっと同じであろうよ。文句を言いながらも、自らはなにもせぬ者たちの姿が目に見えるようだ」

小野は苦笑した。

「しかし、お上に楯突《たてつ》く民百姓らはおります。盛岡藩の一揆の頻発を見てもそれは明らかでございましょう」

「だが、そこまでだ。それ以上の広がりを見せることはない。領主に楯突く方法は分かっていても、御公儀に楯突く方法は分かるまい。また、倒幕という思いに行き着くこともない。民百姓というものは、己らの思いが領主に届き、日々の暮らしが少しでも楽になればそれで満足なのだ。よく言えば、分をわきまえておる。わきまえすぎておるのだ。これから先もそういう性質は変わらぬであろうよ。政に文句は言うても、とりあえず今まで静寂（平和）のうちに統治してきた藩主を支持する。だから、些末《さまつ》な改革をありがたがって、いつまでも騙され続けるのだ。為政者らも、小さな餌さえ与えておけばいいと心得ておるから、それで庶民の目を眩《くら》まし、好き勝手な政を行う」

「小野さまも民百姓をよく学んで御座しますな」

命助は小さく溜息をついた。

一揆のことを学び始めて、日本国中を巻き込んだ大一揆を起こすのが、世の中の民百姓の暮らしを楽にする唯一の方法だという考えに至ったのだが――。最終的に行き詰まったのは、小野の言う『分をわきまえすぎている民百姓』というところでだった。

「しかし、これから起こる、三閉伊の大一揆が盛岡藩に勝てば、その話は諸国に広がり、志を同じくする民百姓が、蜂起せんとは言えますまい」

「壮大な夢だな」

「食い詰めた侍が倒幕の夢を抱くのとなにが違いましょう。少なくとも、明日を生きることに必死な民百姓の方が、現実的な当来（未来）を考えます。今、攘夷《じょうい》だ倒幕だと騒いでいるお侍衆の何人が、幕府を倒した後の世をちゃんと考えているでしょう？　どうせ泥縄の政でお茶を濁し、己の利益が増えることを第一と考える。結局、一握りの侍と商人だけが得をする世の中にしかなりませぬ」

「それもまた、耳が痛い話だ」

小野は権之助の方に顔を向ける。

「命助は本気だ。藩の間者ということはない」

小野の言葉に、権之助は不満そうに「へい」とだけ答えた。

「この男は面白い。もう少し話をしたいから、南への行軍のおりには、わたしの側におきたい」

「わたしは権之助の付き人でございます」

命助は言った。権之助の側で息が詰まる思いをするのは嫌だったが——。

「ならばわたしと権之助の近くを歩けばいい」

「しかし……」

権之助は渋った。

「もし、わたしの見込み違いで命助が藩の間者と分かったならば、即座にわたしが斬り捨てる」

その言葉に、命助の背中に冷たいものが走った。

「しかし、人殺しは……」

権之助が言う。

「一揆衆が殺すのではない。どこの誰とも知れぬ浪人者が殺すのだ」

小野は命助に顔を向け、微笑みながら「のう」と言った。命助は引きつった笑いを浮かべて「はい」と答えた。そして、

「あの、小野さま。一つお願いがあるのですが」

と、小野を真剣な目で見つめた。

「金か？」

微笑《ほほえみ》を浮かべた小野は、命助の心中を読みとったかのように言った。

命助はどきりとしたが、ここは誤魔化しをせずに素直に話した方が得策と判断した。

「お恥ずかしい話でございますが、本家は栗林村の肝入を務めてきた家柄ながら、男の働き手が分家のわたししかいないのでございます。わたしの荷駄商いでなんとか十一人が食いつないでおりましたが――」

「お前がいなくなれば、暮らしにも困るということか。しかし、一揆は十日かそこらで終わるであろう。それくらいならば食いつなげるのではないか？」

「いえ」命助は首を振った。

「わたしが考えて参った一揆の兵略では、落着までに二月《ふたつき》、三月《みつき》はかかります。それを今から語りますゆえ、それを聞いて『よし』となったならば、家の方に、一揆落着まで暮らしていけるだけの金を融通してほしいのでございます」

「なるほど。申してみよ」

「小野さま」権之助が慌てて言った。

「一揆の兵略は、おれが考えた通りに進めることになっているはず」

「まぁ、聞いてみようではないか。どういう兵略で進めるかは、後ほどお前の兵略まで合わせて、合議で決めよう」

「はい……」

権之助は頭を下げたが、俯《うつむ》いた顔の目は、命助を睨んでいた。

命助は知らないふりをして、「しからば――」と、兵略を語り始めた。

もちろん、説明は大雑把で、要所は後ほど詳しく語ると前置きをした。兵略だけ盗まれてお役御免になるのはなんとしても避けなければならなかった。

話が進むに連れて、多助と初之助の目が輝いてきた。権之助は渋い顔である。小野は、目を閉じ、腕組みして命助の話を聞いている。

そして、命助の話が終わると、小野はゆっくりと目を開けた。

「よかろう。ひとまず、わたしの懐から立て替えて、お前の家族に金を送ることとしよう。お前の働きがよければ、一揆衆の銭函から立て替え分をもらうこととする。よいな？」

小野は権之助、多助、初之助を見た。

「小野さまさえよければ」

多助が即座に言い、初之助が肯く。

権之助も渋々、首を縦に振った。

命助は、安堵《あんど》の表情を浮かべ、一同に頭を下げた。

これで、憂い無く一揆に取り組むことができる。民百姓が完全勝利する、大一揆だ。

命助は体中の血が沸き上がるのを感じた。今までの生涯で一番、体が熱くなっている。

もしかすると、自分がずっと求めていたのはこれだったのかもしれない。

しかし、それを邪魔していたのは、数々のしがらみであった。

家に、村に迷惑をかけてはならない。

家族を養っていかなければならない。

客に迷惑をかけてはならない。

それらが、自分が本当にやりたいことを抑圧し、我慢させていた。

それはそれで幸せな生き方であったが――。

もしかすると、なにか事を成そうとする者は、家族をもってはならないのかもしれない。

五

命助が幼少期、遠野で小沼八郎兵衛から習ったのは学問ばかりではなかった。

これからの政はいかにあるべきか。集団を導いていくためにはなにが必要か——。小沼はそれを命助に説いたのであった。

学問の吸収も早く、同じ年頃の子供たちよりも頭一つ分大柄な命助ならば、優れた一揆の頭人になれると考えたからであった。

怒りや鬱憤にまかせて立つのではなく、知略を巡らせて侍たちに勝つ一揆——。それを行うためには、藩の政にも精通し、人々の心を読む力が必要だと小沼は命助に教えた。

今、盛岡藩の政を司る侍らの多くは愚かだ。しかし、残念なことに百姓らはそれに輪を掛けて愚かだ。それに加えて悲しいほどのお人好し。だから、いつも侍に騙され、頭人たちは捕らえられて処刑される。

それでは、いつまで経っても政は改まらぬ。

侍を知れ。百姓を知れ。そして、侍に負けぬ一揆を起こすのだ。

命助は、そう熱く語る師に訊《たず》ねた。

『なぜ先生はそのような一揆の頭人とならぬのですか？』

すると、小沼は悲しげに答えた。

『わたしには人望がない』

『そんなことはありません。げんに、たくさんの弟子が先生のもとに通っているではありませんか』

『子供を導くことはできる。しかし、頑迷な大人を導くことは難しい。いかにして愚かで頑固な民百姓を導くか――。その方法が分からぬ。お前は民百姓の中に交じって学べ。大人になる頃には、わたしには分からなかった方法を見つけだしているだろう』

命助は遠野での学びを終えると、栗林に戻った。そして、地元の百姓たちと共に畑仕事に汗を流したり、鉱山に出稼ぎに赴き鉱夫と共に暮らしたり、荷駄商いで各地の百姓、漁師、町人と関わりを持った。そして、人は他との関わりの中で自分の位置を探るものだと知った。

年齢の差による上下や、仕事の経験の差、生まれ育った土地に対する差別など、それらによって、自分が相手より上か下かを判断する。

今話している相手は自分より上か下か。上となれば、へつらい、下となれば居丈高に振る舞う。十人中、七、八人はそういう者たちであった。下に見ていた者が、実は自分よりも切れ者だと知れば掌を返すということも知った。

命助は、冷静に他人を分析し、自分よりも年上の者たちを口八丁、手八丁でその気にさせて商売をする方法を学んだ。それを応用すれば一揆の頭人になれるかもしれないと思うようになったが——。

命助は妻を娶《めと》り、子供ができた。

家族をもつと、命助の考え方は変わっていった。

一揆を起こして世直しをするよりも、この厳しい世の中でどのようにして家族を養っていくか。それが第一となった。以後、命助は意識して一揆衆との関わりを避けるようになっていったのだった。

＊　＊

翌日の夜。田野畑村池奈《いけな》の外れの荒れ地に一揆衆が集まった。

焚き火の炎に照らされた一揆衆は百人を超えた。

浅葱《あさぎ》色の半纏《はんてん》に白い襷《たすき》を掛けた者が多かったが、白い布でこしらえた半纏に赤襷掛けという者も交じっていた。猟師から借りてきたのか鉄砲を担ぐ者、槍の穂先や山刀をくりつけた竹竿《たけざお》を持つ者。山伏から調達した法螺貝《ほらがい》や、木を刳《く》り貫《ぬ》いて作った円錐《えんすい》に吹き口をつけた木製の法螺貝を肩から提げる者もいた。兵糧の入った蒲《かま》簀《す》、鍋、釜《かま》を背負う者たちの姿もあった。

そして、〈小〇《こまる》〉と書かれた幟《のぼり》を持つ者。番号を記した旗を持つ者――。〈小〇〉は〈困る〉の意味である。

番号旗は村毎に決められた数字で、これから大集団となる一揆衆を統率するためのものであった。

一揆衆は興奮していて、雑談する声が大きい。

権之助は大きな石の上に立って、一同を見下ろしている。命助と小野はその横に立っていた。

命助は一揆衆を見回した。遠くから眺めたことはあっても、そのただ中にいるのは、初めての体験であった。

抑圧されていた者たちが、これから解き放たれるという昂揚に酔っている。

命助にもそれが伝染して、心が沸き立つような感覚をおぼえていた。

一揆衆はいずれも嬉々《きき》とした表情で、声高に意気込みを語り合っている。中には役人や商人らを殴り殺してやると息巻いている者もいて、人殺しは御法度だと仲間に窘《たしな》められている。

闇の中から数人が駆けてきて集団に加わると、頭人らが人数が揃ったことを報告した。

権之助が目配せすると、法螺貝が一度、大きく鳴った。

一揆衆は雑談をやめて、村毎に列を作り、その場に座った。

権之助は一揆衆をゆっくりと見回すと、

「さて、皆の衆」

と、よく通る声で話し始めた。

「我らはこれから、安家《あっか》の江川《えがわ》へ向かう」

「なぜ安家へ？　南に突き進むのではないのか？」

と声が上がった。安家は田野畑の北西方向にある山間の村である。

「今この時、沼袋村、浜岩泉村の者たちも蜂起し、二十二日に江川で落ち合うことになっている。その後、さらに北上し、下戸鎖村《しもとくさり》まで行き、野田通の北側の一揆衆と落ち合って、二十四日、野田村へ下る。人を集め、悪徳商人と徴税役人の家をぶっ潰す！」

権之助が言葉を切ると、一揆衆から声が上がった。

「佐藤儀助《さとうぎすけ》だ！」

「大披鉄山《おおひらきてつざん》だ！」

「刈屋《かりや》村の役所だ！」

佐藤儀助は金で侍の身分を買い、藩営鉄山の総支配人に任じられた男である。

山がちの地域であり、農業による収入も少なかったから大披鉄山が開かれた当初、近隣の百姓たちは喜んだ。

鉄山での労働だけでなく、鉄の積出港である宮古まで運搬する牛馬の飼育。荷運び人足の仕事。そして、溶鉱炉を熱するために使う木炭の炭焼きなど、鉄山に関わる仕事は多く、近隣の村人たちは潤った。

だが、鉄山の支配人が佐藤儀助に代わると、待遇は激変した。藩命と称し、近隣の村人たちを強制的に徴用した上に、給金の支払いも滞るようになったのである。

さらに、儀助は鉄山で働く者たちを相手に高利貸しを始めた。給金を搾取するだけでは足りず、さらに銭を搾り取っているのである。

「鉄山を壊せ！　役所を壊せ！　おれたちから搾り取ったものを取り返せ！」

という声が響きわたる。

一揆衆の興奮は絶頂に駆け上る。権之助の言葉が人々を熱狂させている。高邁《こうまい》な理想を語ることはなく、話の内容もただの指示にしかすぎないのだが、言葉と言葉の間のとりかたや、強弱がそれを聞く人々の心を昂揚させる。権之助は集団を煽動《せんどう》するのが巧みなのだ。

なるほど、粗野な権之助が頭人の一人におさまっているのは、そのお陰か。

しかし――、と命助は眉をひそめ、権之助を見上げた。

「略奪を許すのか?」

「いいか、命助――」権之助は睨むような目で命助を見下ろした。

「一揆は綺麗事《きれいごと》ではできんのだ。皆、それぞれ大きな不満を抱えて生きてきた。それをどこかで解放させなければ、一揆衆をまとめられぬ。連中が悪としたものを叩き潰させる。それによって、満足と連帯する心地よさを得るのだ。理想ばかりでは人はついて来ぬ」

「しかし――、高潔でなければ、力をもって民百姓を支配する侍と同じになるぞ」

「侍も民百姓も、損得勘定で動く。美味《おい》しい思いがなければ、誰もついては来ない。下らぬ議論はここまでだ。文句があるならいつでも抜けろ」

権之助は、法螺貝の係に目配せをする。

法螺貝が鳴って、一揆衆は静まる。

「それでは、今から安家へ向かうぞ！」

権之助が叫ぶと、

「応っ！」

という声が返った。

幟と旗の係が前に走る。

そして、それらを先頭に一揆衆は歩き始めた。

権之助と命助、小野もそれに続き、しんがりの一隊がその後ろについた。

「命助」小野が言った。

「一揆は綺麗事ではすまぬというのはその通りだ。高い理想をもって一揆に加わる者は一握り。あとは、身に危険が迫れば仲間を捨てて逃げ出すような者ばかりだ。そういう連中を引っ張っていくには褒美が必要なのだ」

「それでは、一揆衆を騙す侍らのやり口と変わらぬではありませんか」

「ならば、お前はどうやって、士気の低い者を統率する？」

「それは……」

命助は唇を嚙んだ。

荷駄商いの時に、人を雇うこともある。やる気のある者もいれば、だらだらとするばかりで役に立たない者もいる。役立たずを働かせる唯一の方法は褒美であった。

権之助や小野の言葉は一面の真理――。

では、別の真理はあるのか？

命助には答えを見つけだせなかった。

＊　＊

山越えをして安家に着いた一揆衆は、安家川の川原で仮眠をとり、翌朝、江川で沼袋と岩泉の一揆衆百二十人ほどと落ち合った。

そして北上し、二十三日には下戸鎖で野宿。野田通北部の一揆衆が三々五々集まってくるのを迎え入れ、二十四日、一気に南下を始めた。村を表す番号旗は一番から十三番まで。総勢は二千人近くにも膨らんでいた。

六

一揆衆は野田浜に集結した。打ち寄せる波音を聞きながら、一揆衆は波打ち際を背に、村毎、番号旗の後ろに整列する。いずれも、これから始まる大暴れを前に、緊張と興奮のため、目を見開き鼻息を荒くしていた。

　命助は権之助から道中差を渡されて、朽木村の者たちの中にいた。心の臓が高鳴り、体が小刻みに震えている。命助は小野の率いる代官所の襲撃の隊に加わっていた。

「斬ろうと思うな」

　隣に立った小野が言った。小野は役人らに人相を知られぬように頰隠し頭巾《ずきん》を被っていた。

「下手に相手を斬ろうと力むと、振り下ろした刃《やいば》で己の脛《すね》を斬る。切っ先を突き出して大声で脅すだけでいい。それで相手は逃げていく」

「相手が代官所の役人でもですか」

　命助はちらりと小野を見た。

「そうだ――」小野は笑みを浮かべる。

「考えてもみろ。盛岡藩の中で、人を斬ったことのある侍など、数えるほどしかおらぬ。命のやりとりをしたことのない代官所の役人など、本気になった民百姓に敵《かな》いはしない。脅しただけで逃げる」

「そういうものですか……」

「そういうものだ。だが、気合い負けをするなよ。こっちが怯《おび》えていると気づかれれば、相手を調子づかせる。そうなったら、多少でも剣術の心得のある向こうに分がある」

「分かりました。気合いを入れて脅かします」

命助は体から力が抜けていくのを感じた。少しだけ震えが落ち着いた。

今年三十九歳になる下野田の頭人、惣右衛門《そうえもん》が波打ち際から迫り上がる砂の丘の上に立った。

「かねて打ち合わせの通り、これから、三手に分かれて、一暴れする。小野さまにつく者は代官所。おれにつく者は村へ。朽木の権之助につく者は、大披鉄山と、佐藤儀助の屋敷を襲う。怖じ気づかずに動け！」

「応っ！」

その返事は、命助が今まで聞いた中で一番気合いが入っていた。

幟と旗を持った男たちが先頭になって駆けだす。

村に入った所で、一揆衆は二手に分かれた。

惣右衛門率いる五百人ほどは、二人一組で村に散った。そして、乱暴に戸を引き

開けると、

「十五を過ぎた男は一緒に来い！　病で臥《ふ》せておれば、代人を出せ！」

と怒鳴り、男たちを強引に外に引き出した。

夫、息子を取られれば明日からの暮らしに困るからと懇願する女たちを足蹴《あしげ》にして、一揆衆は男たちを集める。

女ばかりの所帯でも、一番元気そうな若い者を引っ立てた。道中の飯炊き係として使うためである。

武器になりそうな道中差、銛《もり》や鉈《なた》、鉞《まさかり》なども接収した。裕福な商人の家からは金品を奪い、米俵を持ち出した。

＊　＊

小野の隊五百人は、足音を忍ばせて野田代官所に向かった。一揆衆の動きを警戒しているのか、門前には鉢巻き、襷掛けの役人数人が立っていた。しかし、弘化四年の一揆のおりにも代官所は襲われたというのに、その者たちの表情は弛緩《しかん》し、油断しているのは一目瞭然《りょうぜん》であった。

小野は代官所少し手前の林の中に五百人を潜ませた。

「小野さま。ちょっとご相談が」

命助は小野の袖を引っ張り、耳元で言った。

「これから代官所を取り囲んで一気に攻め込むという兵略、少し変更いたしませんか？」

「なぜだ？」

「逃げ道がないと知れば、窮鼠猫《きゅうそ》を噛む。向こうも必死で抵抗いたしましょう。それよりは、正面から五百人で突進した方がようございます。向こうは数に驚き、這々《ほうほう》の体で逃げ出しましょう。早々に逃げてもらった方が、仕事がやりやすいと思いますが」

「なるほど。そうするか」

小野は肯いて、木々の間に身を低くしてうずくまる一揆衆に言った。

「代官所を取り囲む兵略であったが、それでは逃げ場がないと思った役人らが刃を振り回す」

一揆衆の顔に一瞬、不安と恐怖の表情が過《よ》ぎった。

「だが、正面から五百人が押し寄せれば、向こうは狼狽《うろた》える。鉄砲の火縄に火を点《つ》ける暇もなく、多勢に無勢。あたふたと逃げざるを得ない」

小野の言葉に、一揆衆は声を殺して笑った。

「面白《おもしれ》ぇ。役人が慌てて逃げるさまを見てみてぇ」

「きっと、小便、大便をもらして逃げるぞ」

一同は兵略の変更に満足したようであった。

「よし。では、動く」

小野が言うと、一揆衆は物音がしないよう用心して林の中から出た。

物陰に身を潜めながら代官所に接近した一揆衆は、小野の合図と共に、法螺貝を吹き鳴らし、鬨《とき》の声を上げた。

門番の役人たちは飛び上がるほどに驚き、凄《すさ》まじい形相で押し寄せてくる五百人もの一揆衆を見て、慌てて代官所の中に逃げ込んだ。

「押せ押せ押せ！」

小野は叫ぶ。

役人たちが閉じようとしていた門に、一揆衆が体当たりをして、ぐいぐいと押していく。

十人にも満たない数の役人ではその圧力に抗することはできず、門を閉じることを諦《あきら》めて、建物の中に逃げた。

雄叫《おたけ》びを上げて一揆衆は代官所の庭になだれ込んだ。

早くも代官所を逃れて裏の山に走る役人たちの姿が見えた。

一揆衆は土足で敷台に駆け上って、建物の中に乱入する。

逃げ回る役人たちを槍や鉞で脅し、追い回す。

命助は、目を血走らせて刃物を振り回す一揆衆に危険を感じた。このままでは人死にが出るかもしれない。

「殺すな！　殺すなよ！」

と叫びながら、命助は役人たちを追う。

その言葉を聞いた役人たちは逆に、殺される恐怖をさらに高まらせて逃げ回った。

命助が追っていた役人は代官所の奥へ逃げ、板戸を開けようとして手間取った。

自分を追ってくる命助の足音を聞き、役人はくるりと向きを変えて命助に向き合った。

目を大きく見開き、息は浅く速い。そして、全身が震えていた。

それは命助も同じである。恐怖で体の筋が固くなり、動きが鈍くなっていた。

役人の背後は恐らく納戸。出口はない。しかし、右側は障子で外の明かりが滲《にじ》んでいる。

外への障子を蹴り破ればいいのに——。

命助は、そんな単純なことも考えられなくなっている役人を恨んだ。

小野の気合い負けするなという言葉が命助の脳裏に蘇《よみがえ》った。

「おりゃあ！」

命助は叫んで、腰の道中差を抜いた。

「おりゃ、おりゃ、おりゃあ！」

大きな声を上げながら、少し後ずさって間合いを空ける。相手は大刀。刃が長い分、向こうが有利だった。

役人も慌てて柄《つか》に手をかける。

命助は「おりゃ、おりゃ！」と叫び、間合いを詰める。役人は驚いて柄から手を離す。

「おりゃ、おりゃ！　どうする、どうする！　もうすぐ仲間が駆けつけて、お前なんか膾《なます》のように斬り刻まれるぞ！　どうする！　どうする！」

命助は叫びながら、ちらちらと障子を見る。役人が視線に気づいてくれれば、逃げ道を見つけることができる。

しかし、役人は見開いた目を命助に向けたまま、顔に脂汗を浮かべている。そし

て、

「なぜこんなことをする！」

　と、叫んだ。

　叫んだ途端、幾分恐怖が和らぐと気づいたのか、役人は堰《せき》を切ったように喋《しゃべ》り始めた。

「お前たちは、税を集めようとするたびに、騒ぎ、暴れる。こっちは必要な金を集めているのだ。なぜそれが分からぬ！　藩はお前たちを守ろうとしているのだ！」

　最後の言葉が、命助の頭に血を上らせた。

「守るだと！　なにから守っているというのだ！」

「オロシャ（ロシア）だ！　今、日本の沿岸にはオロシャの船が頻繁に現れておる。海防のために必要な金を集めているのだ！　もし、藩が警戒しなければ、オロシャが攻めて来て、陸奥国は占領されてしまうかもしれぬ。お前たちは奴婢《ぬひ》としてこき使われるのだぞ！」

「実際の石高より高い二十万石などを求めるから、幕府から重い責務を負わされるのだ！　藩の見栄《みえ》のための二十万石で、領民が苦しむのは言語道断であろうが！」

「敵は日本の中にだけいるのではないぞ！　国の力が弱いとなれば、近隣の国が攻めて来る」

「ふざけるな！　そんなことを御公儀が許すはずがないではないか！」

「ほれ、ほれ！」役人は勝ち誇ったように言う。

「お前は御公儀を頼りにしているではないか！　沿岸警備は御公儀からのお沙汰《さた》だ。そのために必要な金を税として集めているのだ！」

「やかましい！　必要な金ならば、侍も領民も平等に出せばいいではないか！　なぜ領民だけが金を搾り取られる？　なぜ蔵に金がうなっている者と、明日の食い扶《ぶ》持《ち》にも困る者がいる？」

「侍とて、俸禄を藩から借り上げられて、かつかつの暮らしをしているのだ！」

喋ることでだいぶ落ち着いてきたのか、役人は大刀に手をやった。

まずい――。

「ふざけるな！」

命助はさらに大きな声で怒鳴り、道中差を振り回す。

役人はびくっと体を震わせて、柄から手を離す。

「働き口があるだけましではないか！　御用金を支払うために、漁師は舟を手放さなければならず、荷駄商いのおれは、馬を手放さなければならぬ！　首を括らなければならぬと考えている者も大勢いる！　家の大黒柱が首を括れば、家族は路頭に迷う！　己の家族も路頭に迷わせてやろうか！」

命助は叫んで、障子を蹴り破った。

役人ははっとしたように、外に倒れた障子と、そこに広がる裏庭を見た。

後の動きは素早かった。

横っ飛びに縁側に出ると、凄まじい速さで近くの山へ駆けて行った。

命助は足腰の力が抜けて、その場にへたり込みそうになったが、己を鼓舞してまだ騒ぎが聞こえる同心溜《どうしんだまり》の方へ向かった。

命助が駆けつけた時、小野は一人の役人を捕まえ、「武器蔵の鍵はどこだ！」と脅していた。

役人が震えながら同心溜の手文庫から鍵を出すと、小野は手下十数人と、その男を小突きながら武器蔵へ向かった。

武器蔵の錠前《じょうまえ》が外され、小野たちは中に入り込んで鉄砲や弾薬を奪った。

逃げ遅れていた役人たちは、ばらばらになって近くの山に逃げ込み、代官所は無人となった。

一揆衆は金品を奪い、文机《ふづくえ》や文書棚、箪笥《たんす》の類《たぐい》をさんざんに打ち壊した。

「次は刈屋の徴税人の屋敷へ向かうぞ！」

小野が叫び、法螺貝が数度吹き鳴らされた。

「応っ！」

体の内側から熱いものが噴き上げて来る気がして、命助は大声で返事をした。

いやいや、落ち着け落ち着け——。

命助は一揆衆と共に代官所を駆けだす。

打ち壊したり役人を追い回したりすることに快感を覚え、酔ってはならない。目的は乱暴狼藉《ろうぜき》ではなく、世直しなのだ。

頭人を目指すならば、己を律しなければならない——。

悠然とした様子で先頭を走る小野の姿と、その周囲で奇声を上げ、飛び跳ねるように駆ける一揆衆を見て命助は自分を戒めた。

＊　＊

権之助の隊は千人。権之助を先頭に鉄山に向かう隊五百人と、門《かど》村の佐藤儀助の屋敷に向かう隊五百人とに分かれた。

儀助の屋敷をさんざんに打ち壊してくれんと鼻息を荒くしていた一揆衆は、その門前で出端《でばな》を挫《くじ》かれた。

儀助が紋付き袴《はかま》姿で一揆衆を出迎えたのである。門前には馬に繋がれた荷車があり、米俵が積み上げられ銭函らしきものが括りつけられていた。

「お勤め、ご苦労千万でございます」

と慇懃《いんぎん》に頭を下げた儀助は、一揆衆を屋敷に招き入れ、酒と料理でもてなした。広間に入りきれない者たちは庭に敷かれた毛氈《もうせん》の上でもてなされた。

儀助は「軍資金と兵糧を用意したので、屋敷を打ち壊すのだけはやめてくだされ」と懇願した。

頭人らは集まって協議をし、

「もてなしを受けた上に軍資金と兵糧も出すと言う。この上、屋敷まで壊しては気の毒ではないか」

ということになった。

各村で狼藉を働いて南下して来た一揆衆ではあっても、個々は人のいい百姓である。

「兵糧は充分にある。軍資金だけもらっていく」

と言って、小判と小銭で六百両ほどが詰まった銭函だけを馬に括りつけて、儀助の屋敷を後にした。

一方、鉄山に向かった権之助たちは暴れ回った。

何人かが納屋で見つけた杭《くい》打ち用の大きな木槌《きづち》、掛矢《かけや》を振り回し、賃銀の支払い所や人足の宿舎などの壁を叩き壊した。

鉄山で雇われていた人足や製鉄の職人らも一揆衆に交じり、破壊に加担した。

そこに下野田の頭人、惣右衛門が掻き集めた数百人の一揆衆が合流した。

踏鞴《たたら》小屋が壊され、炎が上がる。

「火事を出すな！　火事を出すな！」

叫びながらそれに水をかけると、爆発的に水蒸気が発生し、一揆衆は悲鳴を上げて飛び退いた。

女郎屋や、厨《くりや》から飯炊き女たちが逃げ出す。

「狼藉はするなよ！　女は逃がせ！　逃がせ！」

と誰かが声を上げていた。

一揆衆は蔵を壊して食糧を荷車に積み、数十人が厨に入り込んで、釜から飯を取り、大きな握り飯を幾つも作った。

「腹が減った奴は食え！」

手についた飯粒を食いながら一人が叫ぶと、若い男たちがどっと押し寄せてあっという間に握り飯はなくなった。

＊　＊

徴税人の屋敷を襲った後、命助と小野たちが大披鉄山に着いた時にはすべてが終わっていた。

壊された踏鞴製鉄炉から盛大な湯気が上がり、焦げたにおいや鉄臭いにおいが辺りに漂っている。建物の漆喰《しっくい》壁には穴が開き、柱を折られて崩れ落ちた家もあった。打ち壊しに加担した鉄山の人足や職人たちなのだろう、半裸の男たちが、半纏に襷掛けの一揆衆と共に車座になって酒を酌み交わしていた。

空は茜に染まり始め、夕風に乗って厨の方から飯を炊くいいにおいが流れて来た。

命助は車座から離れた家の壁に背をもたせかけて座り込んだ。

ふうっと大きな息を吐く。

頭がぼうっとして、なにも考えられなかった。代官所を襲撃してから今までの光景が、順不同で頭の中を駆け回っている。

生まれてこの方、こんなに疲れたことはなかったように思う。全身の力をすべて使い果たしてしまったように感じた。

権之助が手に丼と皿を持って近寄って来た。命助の横に座ると、無造作に皿を差し出す。大きな握り飯二つと沢庵《たくあん》が四切れほど載っていた。

命助は頭を下げてそれを受け取ると、足の間に置いた。

「食う気が起こらんか？」権之助は丼に満たした酒を啜った。

「もう少ししたら、腹が減っていることに気づく――。初めて加わった一揆はどうだった？」

「疲れた。それだけだ」

命助は面倒くさそうに答えた。

「楽しんだろう？」

否定できない問いであったが、認めるのは癪《しゃく》に障るので、命助は答えなかった。はぐらかすためにはなにか別のことを喋らなければならないと思い、気になっていたことを訊いた。

「なぜ村を回って無理やり人を集める？」

権之助もまた答えをはぐらかそうという考えか、

「お前、代官所で役人と口喧嘩《くちげんか》したそうではないか」

と言った。

「誰か聞いていたのか？」

命助は思わず訊いた。

「大勢が聞いていた」権之助は笑う。

「その中で、税は平等に集めるべきだと言うたそうだな」

「言ったような気もする」

興奮していたから記憶は途切れ途切れだった。

「ならば、一揆も同じだ。一揆によって、藩が我らの要求を飲めば、暮らしはいくらか楽になろう。それは、一揆に加担した者もしなかった者も同じだ。それでは不公平だと思わぬか？」

「危険も冒さずに得をする奴がいるということか」

「他人事のように言うな。今までお前もそうだったであろうが。藩は嘘をつきつづけてはいるが、ほんの少しだけ一揆衆の要求を飲む。お前は一揆に加担していなかったくせに、その恩恵を受けたであろう」

権之助の言うとおりであったから、命助は一言もなかったが、癪に障った。

「お前も一揆に加担してみて、危険も冒さずにのほほんと暮らしている者たちが憎くならんか？」

「のほほんと暮らしていたわけではない」命助は自分自身のことも含めて言い訳をした。

「なんとか食っていこうと必死に稼いでいたのだ」

「一揆衆とて同じだ。必死に稼いでいるほかに、一揆を起こしている。政は侍任せ。一揆は乱暴者任せで、自分は恩恵だけ受けるというのでは狡いと思わぬか？」

命助があえて気づかないふりをし続けていたことを、権之助は遠慮なくえぐり出す。

このままでは言い負かされ、権之助に頭が上がらなくなる。なんとか逆襲しなければ——。

「しかし……。士気が低い者まで集めてどうするのだ。今日の一揆衆の動きは見事だった。それは、士気の高い者が集まっていて、たぶん、小野さまなど、戦い方を心得ている御仁が調練をしたためだろう。だが、士気が低い者の数が、士気の高い者の数を超えれば、統率のとれた動きはできなくなるぞ」

「それでもいい」権之助はきっぱりと言った。

「今まで見たこともないような数の一揆衆が津波のように押し寄せる。それを侍らに見せつけるのだ。大筒や鉄砲などではどうしようもない数の民百姓。それがすなわち、領民の総意なのだと思い知らせるのだ」

「しかし、一揆に加担したくない者まで引っ張ってくるのは、我らに新税、増税、御用金を強要する藩のやり口と同じであろうが」

「そんなことを言っていては一揆は起こせぬ。一揆は綺麗事ではすまぬと言うたであろう」

その言葉で、命助は権之助を言い負かす糸口を見つけた。

「おれは荷駄商いをしながら三閉伊のあちこちを歩いたが、嫌なものを幾つか見た」

命助は握り飯を取り上げて口に運ぶ。

「嫌なもの?」

権之助は片眉を上げげた。

「弘化四年の一揆に関わったという者たちの所業だ。おれたちのお陰で暮らしは少し楽になったのだからと言って、飲み代《しろ》を踏み倒した者がいた。おれたちのお陰なのだから、おれの家に足を向けて寝るなと威張る者もいた。後から周辺の者たちに訊いたら、その者たちはいずれも、強引に引っ張られただけで、一揆ではたいした働きをしていなかったということだった」

「まぁ、そういう奴もいる」権之助は事も無げに言う。

「一揆に加担してもいないのに、一緒に戦ったと嘘をつく者もいる。この一揆が成功すれば同じようなことをする奴が出る。我らが完勝すれば、まったく関係ない奴らも調子に乗るだろうよ。盛岡では、侍の屋敷に石を投げ込んだり、馬糞《まぐそ》を投げ込んだりと悪さをする者も出ような。そういう程度の低い者はどこにでもいる」

「一揆は士気の高い精鋭だけで粛々と行うのがいいと、おれは思う」

命助は二つ目の握り飯に手を伸ばしたが、味はまったく感じられなかった。

「そんな奴らだけならば、打ち壊しはできぬ。嬉々として物を壊す者、略奪することに罪悪感をおぼえない者がいなければ、侍ども、悪徳商人どもに恐怖を与えることはできない」

「それは、大筒、鉄砲で脅かし、一揆を鎮圧しようとする藩のやり口と同じではないか！」

命助は権之助を睨む。

「やられたことをやり返しているのだ。なにが悪い！」

権之助が怒鳴る。

近くで酒盛りしていた者たちが、ちらりと二人を見た。

「自分のことを第一として、今まで一揆に関わりをもとうとしなかった奴になにが分かる?」

権之助は、仲間割れしていると思われてはまずいと思ったのか、命助に顔を近づけ、声をひそめて言った。

「なにも知らぬくせに、利いた風なことをぬかすな。新参者は、口など出さずにおれに命じられたことだけをやっていればいい!」

権之助は丼の酒を飲み干すと、命助の側を離れ、車座の一揆衆の方へ歩いていった。

命助は食いかけの握り飯を地面に叩きつけたくなったが、力を入れたために潰れたそれを、黙って口に運んだ。

第二章

一

一揆《いっき》衆は南下を続けた。

とりあえずの目的地、釜石《かまいし》から遠野に抜ける釜石街道と、平田《へいた》番所を経て仙台領へ向かう道の分岐点までは二十里（約八〇キロ）余り。沿岸の道ではあってもほとんどが蟬時雨《しぐれ》の降り注ぐ山の中の行軍であった。峡谷の厳しい上り下りも連続する。峠道から望める紺青の大海や、稀《まれ》に現れる波打ち寄せる白砂青松の浜などが慰めとなった。

連日の好天で、倒れる者も出た。

一揆衆は薬屋から暑気中《あた》りの薬を奪い、医者を連れ去って、病人を診させた。

命助《めいすけ》は小野《おの》の隣を歩いた。

普代村に入る辺りで、小野が周囲を気にしながら小声で言った。

「利済《としただ》さまに諫言《かんげん》の文を書き、疎まれたと言うたが、あれは嘘だ」

「ああ、初めてお目にかかった時に仰《おっしゃ》っていたことですね」

「本当はもう少々物騒なことをやらかしてな」

「どんなことです？」

「利済さまを諫《いさ》めようとしたのは、おれの傍輩《ほうばい》であった。腹を切って、浪費を止めようとしたが無駄であった。〈三奸《さんかん》〉が手を回して、その出来事が利済さまのお耳に入らないようにした」

〈三奸〉とは、利済の側用人、石原汀《いしはらみぎわ》、田鎖茂左衛門《たぐさりしげざえもん》、川島杢左衛門《かわしまもくざえもん》のことである。その三人が利済をそそのかし悪政を行わせているということで〈三人衆〉とか〈三奸〉と呼ばれていた。

「それでまず、石原を斬ろうとした。その後、三奸の残り、田鎖と川島も斬り殺そうと考えていた」

「それは確かに物騒でございますな」

「その三人を斬れば、事は済むと考えた。まぁ、頭に血が上っていたこともあるがな——。冷静に考えれば三人を斬ったところでなにも変わらんのだが、おれは外曲《そとぐる》輪《わ》で下城する石原を待ち伏せた」

「なぜ斬らなかったのでございます？」

命助は訊《き》いた。石原が暴漢に襲われたという話は聞いたことがなかったからである。

「覆面をして、身を隠していたおれは、後ろから襟首を摑《つか》まれた」

「待ち伏せを見破られたのですか？」

「いや。石原の手の者ではない」小野は唇を少し歪《ゆが》めて笑う。

「なにをすると叫び後ろを振り返ったら、見上げるような偉丈夫が立っていた。その偉丈夫は『馬鹿なことはやめろ』と言った」

そこまで聞いて、命助は「あっ」と言った。

「初めてお目にかかった時におれを驚いたように見ていたのはそういうことですか。その偉丈夫、わたしに似ていたのですか？」

「体格だけな。顔はまるで違う——。おれは刀を抜いて斬りかかった。しかし、男はひょいと身をかわし、おれの右腕をねじ上げて刀を奪った。そして『見逃してやるから去れ』と言った」

「誰だったのです？」

「言っても知らぬだろう。江釣子《えづりこ》源吉《げんきち》どのという人物だった――。楢山五左衛門《ならやまござえもん》さまと関わりのある侍でな。城下では知らぬものはないほどの剣の使い手だ」

楢山五左衛門は盛岡藩の加判役で、まだ若いが庶民のことをよく考えてくれると評判が高い男であった。

「それで、言われたとおりに去ったのでございますか？」

「刀で敵《かな》う相手ではないからな」小野は肩をすくめた。

「しかし、頭に上った血はなかなか下がるものではない。おれは城に戻って勘定所から金を盗み出し、出奔した。一揆に加わって藩の政《まつりごと》を正そうと思ったのだ」

「権之助《ごんのすけ》たちはそのことを？」

「知らぬ」再び小野は微笑《ほほえ》みながら首を振る。

「暗殺に失敗したと言うのは恥ずかしくてな。しかし、いつまでも黙っているのも辛《つら》い。だから、口の堅そうなお前を相手に話したのだ」

「見込んでいただきありがとうございます」命助は笑いながら言った。

「誰にも話さぬことをお約束します――。出奔した後、ご家族にお咎《とが》めはなかったのですか？」

「なかった。風の噂によれば、五左衛門さまと、お父上の帯刀《たてわき》さまが、うまく話をつけてくれたようだ。江釣子源吉どのが口添えをしてくださったのだろう」

「しかし、偶然、江釣子さまが居合わせてよかったですね。いなければ人殺しになるところでした」

「それが、偶然でもなかったようでな。どうやら五左衛門さまも腹に据えかねて、三奸の命を狙っていたらしい。帯刀さまが下手なことをしないようにと江釣子どのに見張りを頼んでいたようなのだ。五左衛門さまは帯刀さまに窘《たしな》められて、〈三奸〉を斬ることを断念したようだ」

「なるほど。そういうことでございましたか」

〈三奸〉のせいで盛岡藩の財政が逼迫《ひっぱく》していることは庶民の語りぐさでもあるが、事態はそれほど単純なことではない。いらぬ殺生をすれば、藩内を二分する激しい争いに発展していたかもしれない。

「ああ、話してすっきりしたぞ。恥ずかしい過去を話したことで、お前もおれのことを信用してくれるだろう」

小野は笑顔で命助の肩を叩《たた》いた。

「はい。十分に」

命助はくすくすと笑った。

＊　　＊

普代村、田野畑村と、村に着くたびにその村の肝入《きもいり》の家に押し掛けた。一揆に加担しない肝入も多く、そういう者たちを脅しながら人別帳を出させ、名前を留書《とめがき》帖《ちょう》に転記した。一揆に加われそうな男に当たりをつけ、各家を回って強引に一揆衆を増やしていった。一揆衆の動きを聞きつけて逃げ出した者もいて無人の家もあったが、土地勘のある住人に協力させ、山狩りをしてあっさりと見つけだし、男たちを引っ張ってくることもあった。

命助は権之助と共に、男手のいない家を回った。あえてそういう家を回り、女でも子供でも引っ張ってくることで、命助に度胸をつけさせるのだと権之助は言った。

田野畑村のはずれに、去年働き手の夫を亡くした家があった。住むのは姑《しゅうとめ》と嫁。十五歳の娘と七歳の息子だけであった。

障子を開け放った家は無人で、命助と権之助は裏手の畑に向かった。

炎天下、蟬時雨の降り注ぐ中、四つの菅笠《すげがさ》が夏野菜の間を動いていた。四人で草取りをしているようであった。

「やめておこう」

命助は、水不足で萎《しお》れかけた胡瓜《きゅうり》の葉を見ながら言った。

「駄目だ」

権之助は強引に命助の腕を引っ張った。

「おい！」

権之助が声をかけると、笠の動きが止まり、四人が腰を伸ばした。

姑であろう老女と、娘、息子は笠の濃い影の中で、明らかに不安げな顔をしていた。

嫁は目を見開き、命助と権之助を睨《にら》みつけている。

「見ない顔だな。一揆衆か」

嫁は言った。吐き捨てるような言葉だった。

「一揆に人手を出せ」

権之助は言う。

「馬鹿か！　見ての通り、四人でやっと田畑の世話をしている。誰一人欠けても、食うに困る！」

その言葉は命助の心に刺さった。つい最近まで、自分も同じ思いだったのだ。

「そうならぬ世を作るために、我らは一揆を起こした」

「頼んでもいないことを勝手にやっているだけだろう！」

「一揆が成功すれば、お前たちにも恩恵があるのだ」

「いつ来るとも知れぬ恩恵よりも、明日採れる胡瓜の方が大切だ！　帰れ！」

「そういうわけにはいかん。なにもせずに恩恵だけを受けようったって、そうはさせない」

「ならば、うちはなにもいらぬから、さっさと帰れ！」

嫁は追い払う手つきをする。

「誰も出さぬというのならば、家を打ち壊し、火をつけるぞ」

「それでは野臥《のぶせり》（山賊）と同じではないか！」

怒鳴った嫁に娘が駆け寄り、

「おっ母さん。あたしが行きます」

と泣きそうな顔で言った。

「お前が行けば、なにをされるか分かったものではない」

嫁は娘を押し返す。

「のう――」命助は留書帖に記した名前を確認し、嫁に声をかけた。

「たせ。ほんの三、四日で帰すゆえ、その間、つき合ってはもらえまいか」

「命助。なにを勝手なことを！　口を出すなと言ったろうが！　おれに任せておけ！」

「女一人を説得できずに家を焼く奴に任せられるか！」

襟を摑もうとする権之助の手を払って、命助はたせに歩み寄った。

「わたしもお前と同じことを考えて、しばらく一揆衆に加わらなかった。だがな、今黙っていれば、我らはますます不幸になる。ここで食い止めなければならんのだ。民百姓が、為政者に『否』と声を上げなければならんのだ」

たせは上目遣いに命助を見上げる。

そして唇を嚙《か》み、しばらく考え込んでいた。

権之助は腕組みして二人を睨んでいる。

姑と娘、息子は心配そうに身を寄せ合い、母と話をする見知らぬ男を見つめている。

「本当に、今より苦しくなることはないのだな？」

「ない」

命助は言い切ったが、それは絶対的な自信があるからではない。ここでたせの一家の誰かを連れて行かなければ、確実に家が打ち壊されると分かっているからだった。

「分かった。おらが行く」たせは言い、家族を振り返る。

「くめ、末吉《すえきち》。婆さまを頼むぞ」

くめと末吉は、母にしっかりと目を向けて強く肯《うなず》いた。

「嘘をついたらただではおかぬからな」たせは命助を睨む。

「お前の家を見つけだし、火を放ってやる」

「分かった。おれは、栗林村の命助。言って聞けば家はすぐに分かる」

「あの野臥は？」

たせは顎《あご》で権之助を指す。

「誰が野臥だ！」

権之助は怒鳴った。

「朽木村の権之助だ」

命助は答えた。

「そうか。覚悟をしておけよ――。ついていってやるから、案内しろ！」

たせは野良着のまま歩き出した。

＊　＊

二十七日には、宮古通の小本村に入った。

峠道に宮古代官所の警備隊が鉄砲隊、弓隊を配置して一揆衆を待ち受けていたが、すでに三千人を超える人数になっていた一揆衆に怖《お》じ気づき、撤退した。鉄砲で先頭を来る数十人を倒すことはできるが、次の弾を込めているうちに一揆衆が押し寄せて蹴散《けち》らされることは目に見えていた。

一揆衆は村々で、

「佐藤儀助《さとうぎすけ》の出店《でだな》を襲うぞ！」

と呼びかけた。その声に、自発的に出てくる者たちもいた。宮古村には、儀助の店があり、快く思っていない者たちが多数いたのである。

宮古の隣村、鍬ヶ崎《くわがさき》には大きな港があり、俵物の積み込みが行われ、他国からの品物が荷下ろしされていた。遊廓《ゆうかく》もあり、賑《にぎ》わう村であったが、そこで利益を得る大店は宮古村に店をもっていた。

六月一日、一揆衆は宮古村に入り、儀助の出店や、大店を襲撃した。

すでに一揆衆は六千人を超えて、統率が危うくなっていた。

一揆に人を出さない家に居座って人を出さなければ金を出せと賂《まいない》を要求したり、家を打ち壊したり、放火する者も現れた。

命助はそういう狼藉《ろうぜき》をやめさせなければならないと権之助に訴えたが、「今は好き放題にさせる」とにべもなく拒否された。

一揆の知らせを受けた藩の役人たちが駆けつけたが、圧倒的な人数の一揆衆に怯《おび》えて逃げ散った。その様子を見て、一揆衆は、

「侍など恐るるに足りず！」

と勢いを増した。

高利貸しや大店、税の徴収所など、民百姓の恨みをかっていた場所は軒並み打ち壊された。普通の民家にも狼藉を働くという話が伝わったようで、金目の物を隠す家もあった。

一方、海防のためや非常用の備蓄米の蔵を開けて米を差し出す者たちもいた。

狼藉を恐れた村では肝入が分担金と称して金を渡した。

石峠を越え、豊間根《とよまね》村を過ぎ、山田《やまだ》村に入ると、頭人らが今夜の宿割りをしたが、頭人の命令を待たずに家々に乗り込み風呂《ふろ》で汗を流したり、酒屋に押し掛けてただ酒をくらう者も出た。酒蔵から大量の清酒、濁り酒を盗み出して、広場に集まり酒

宴を始める集団もあった。

これが当たり前になってしまえば、大義名分をもった一揆衆ではなく野盗の集団になってしまう――。

命助は憂えたが、こういう息抜きがなければ、炎天の中の厳しい行軍には耐えられないだろうとも思った。

翌日、山田村を出立した一揆衆は鯨峠を越え、さらに数を増やしながら六月四日、大槌村に到着した。

人数は八千を超えていた。いずれも笠を被《かぶ》り、幟《のぼり》、旗、団扇《うちわ》や扇子を振って、一揆に加わるよう勧誘する言葉や、これは世直しなのだという雄叫《おたけ》びを口々に叫んでいる。その合間に、盛大に法螺《ほら》貝《がい》が吹き鳴らされた。

先頭が村に入っても、最後尾が見えないほどの人数であった。

隊列には男たちばかりではなく、老人や女、子供までが交じっている。僧侶《そうりょ》や山伏の姿もあった。打ち壊しに加担できないそういう者たちは荷物を背負わされていた。大きな蒲簣《かます》を背負いながら、赤子を抱いている女もいた。

体力のない者たちは疲労困憊《こんぱい》の様子で、歩くのもやっとという有り様だった。

命助は、なんとか年寄りと女子供は村に帰してやりたいと考えた。しかし、権之助は、皆平等に一揆に加担すべきと言っている。

どうやって権之助を説得しようか――。

命助は一つ思いついて、先頭を歩く権之助に駆け寄った。

「女子供や年寄りは、もういいではないか。村へ帰してやれ」

権之助は隊列を振り返り、少し眉《まゆ》をひそめたが、

「駄目だ」と首を振った。

「口を出すなと言うたであろうが。まだ分からんか!」

権之助は拳《こぶし》を振り上げる。

命助はその手を摑んで、ほかの者たちに聞こえないよう、権之助に顔を近づけた。

「いやいや、権之助よく考えろ。一揆はこれで終わりだとは思うまい? だとすれば、次の一揆の人集めの時に、有利になるよう手筈《てはず》を整えなければなるまい。恐怖はもう充分すぎるくらい植えつけた。ならば、次は施しを与えよ。怖がっている者に優しさを見せれば、ぐっと惹《ひ》きつけられるものだ。連中は疲労困憊している。ここで帰してやれば、お前に手を合わせて拝むだろう。ここで朽木村の権之助の評判を上げておくべきだ。これから先、まだまだ村はある。年寄りや女子供を帰しても、一万を超える大軍勢になるのは明らかだ。それに、村に帰した者たちの口から『一

撹衆は遠野に向かう』と話させれば、藩の連中を攪乱《かくらん》できる」

「うむ……」

権之助はもう一度、後ろを振り返った。

命助と権之助の密談に気づき、小野が近寄ってきた。

「どうした？」

「命助が年寄りや女子供を帰せと言う」

権之助はしかめっ面をして言った。

「うむ。それは良い考えだ。お前の株も上がるぞ」

小野はにやりと笑った。

権之助は「うむ」と唸《うな》り、そして、

「今回だけは許してやるが、後は命じられたことだけやっておれよ」

と命助に言った。

「分かった」

命助は肯いたが、もちろん素直に権之助の言葉に従うつもりはなかった。

権之助は、少し後ろを歩く法螺貝の係に、

「行軍を止めよ」

と声をかけた。

法螺貝が何度か吹き鳴らされた。

その合図で後方の法螺貝係も同じ数だけ吹き、行軍は止まった。

村毎の隊から頭人《とうにん》が駆けつける。最後尾から最後の頭人が来るまでしばらく時がかかった。

七十を超える隊の頭人たちは権之助の周りを囲んだ。

「ここで女子供、年寄りらを村に帰そうと思うがどうだ？」

権之助は頭人たちを見回した。命助の案だとは言わなかったが、命助も小野も黙っていた。権之助に華を持たせてやれば、こちらの言い分も通ると命助は考えたのである。どうやら小野も同じ事を考えているらしいと命助は思った。

「それがいいだろう。疲れが高じれば足手まといになるばかりだ」

頭人たちは肯いた。

「よし。それでは、こう言って年寄りと女子供を帰せ。『我らはこれから遠野へ向かう。道程は長いゆえ、年寄りと女子供は村へ帰す』とな」

「分かった」

頭人たちは自分の隊に駆け戻った。

しばらくすると、あちこちの隊から小さい歓声が起こった。担いでいた蒲簀や風呂敷包みを置いて、年寄りや女、子供が隊を離れていく。中には夫や子供が一揆衆の中にいるのだろうか、自分は残ると言って聞かない女たちもいるようだった。しかし、半刻《はんとき》（約一時間）もすると、そういう女たちも説得されて帰路についた。

しかし――。

一人の女が、田野畑村の頭人、多助《たすけ》の手を振りきって命助たちのもとに駆けてきた。

たせであった。

「お前たちはなんだ！」

命助の前に立ち、怒鳴った。

「すまなかったな。もう帰っていいのだ」

「いいや」たせは強く首を振った。

「勝手に一揆に引っ張り込み、今度は勝手に、帰ってもよいだと？　手前勝手な政で民百姓を困らせる侍らの手口と同じではないか！」

「帰ってもいいと言ってるんだ」権之助が面倒くさそうに言う。

「それで文句はねぇだろう」

「ふざけるんじゃない！　帰ってほしいなら謝れ！　無理やり連れてきてすまなかったと、地面に手を突いて謝れ！」

「なぜ謝るいわれがある！」

権之助が言うと、周りに集まってきた頭人たちも、

「一揆なんだ。民百姓はみんな立ち上がらなきゃならないんだから、ついて来て当然だろう！」

「一揆の仲間になってここまで連れてきてもらったんだから、ありがたく思いこそすれ、文句を言うとは！　なんて女だ！」

などなど、口々にたせを罵倒《ばとう》した。

「お前らはいいだろうさ！」たせも負けてはいない。

「家を、野良仕事を放っぽり出して、お祭り騒ぎで街道を旅し、数を頼りに役人を追い散らし、商人を虐《いじ》め、家を打ち壊して日頃の憂さを晴らし、酒を盗んで夜毎の宴《うたげ》。しまいには、一揆衆の数を増やすためだけに、女子供や年寄りまで引っ張ってくる！　これが世直しをしようとする者たちがやることか！　どうせ郷《さと》に帰れば、いいことしか喋《しゃべ》らないんだろう！　恥ずかしくないのか！」

「なにを！」

数人の頭人たちが殴りかかろうとするのを、小野が間に入って止めた。

「女を叩こうってのかい！　やってもらおうじゃないか！」

たせは小野の体を押しやろうとしたが、びくともしない。

「では、たせ」命助が落ち着いた口調で訊いた。

「お前はどうしたい？」

「こんな奴の言い分なんか聞くことはねぇ！」権之助が言う。

「二、三人で田野畑まで引きずって行けばいい！」

命助はそんな権之助を無視して、もう一度訊いた。

「お前はどうしたいんだ。駄々をこねているのではなく、なにか理由があるのであろう？」

「この目でしっかりと確かめてやるんだよ！」たせは怒りに満ちた目で命助を見た。

「民百姓のために一揆を起こしたと、お為ごかしを言うお前たちが、本当にそういう一揆を成し遂げるのかどうか。ただ私利私欲に走って、暴れ回っているだけなのかどうか！」

「そんなことは、田野畑の家にいても分かることだ！」権之助が言う。

「一揆が終われば、一揆衆は郷に帰る。その者たちの口から聞けばいい」

たせは「ふん」と鼻で笑った。

「おらがさっき言ったことも忘れたかい。一揆衆は郷に帰ればいいことしか喋らないんだよ！　郷の者らが見ていないのをいいことに、他人がやったことも己がやったと言いふらすんだ。そうやって、酒や飯を奢《おご》れとせびるしみったれた奴をこっちは何人も見てるんだよ！」

その言葉を聞き、小野は微笑を浮かべ、そっとたせの前を去る。

たせは命助に歩み寄り、なおも言い募った。

「おらは、この目で見てやる。お前たちが野臥であったのか、本当の一揆衆であったのか、ちゃんと確かめてやる！」

命助はたせの顔を見下ろしながら、胸が熱くなるのを感じた。一揆衆の中にどっぷりと浸《つ》かって、忘れがちになっていた正義を思いだしたのであった。

もとより、命助とて真の正義のために一揆衆に飛び込んだのではない。私利私欲が動機の一部であった。

民百姓のために一揆を起こす――。単純明快な理由こそ崇高であるにもかかわらず、一揆衆の内側には様々な思惑がある。

尊い目的のためならば、多少の無理難題を強いるのは仕方がない。少数の犠牲が出るのは仕方がない。

そういう思いがいつしか、『我らが正義なのだから、民百姓は皆、ついて来なければならない』という考えに変化している。

たせは、外側の〝目〟だ。

冷静に、一揆衆の姿を見つめ、歯に衣《きぬ》を着せずに文句を言う。一番、一揆衆の正義に近い存在かもしれない。

「いいだろう」

「よかろう」

命助と小野は同時に言って、顔を見合わせ微笑んだ。

小野は『お前が言え』と言うように、命助を顎で促す。

「たせ。この一揆を、お前の目で見て、その姿を皆に伝えればいい」

「おい、命助――」

異議を唱えようとする権之助を、命助は遮った。

「おれたちにやましいところがなければ、ついて来られても構うまい。もはや、おれたちの動きは役人らも止められない。誰も窘める者がいない。このままでは傍若無人に勢いがついて、ただの暴徒と化してしまうかもしれない。けれど、たせの目を意識すれば、好き勝手をするわけにはいかない」

「お目付というわけだな」

小野は肩をすくめた。

「一揆に文句を言う女に只飯《ただめし》を食わせるってのか？」

頭人の一人が不満げに言った。

「飯を炊いてやるよ！　洗濯もしてやる！　酒屋に押し込んで只酒をくらうお前たちと一緒にしないでおくれ！」

たせは啖呵《たんか》を切る。

異議を唱えた頭人は、顔をしかめて口を閉じた。

「だがな、たせ」権之助が言う。

「ここから先、道は険しいぞ。藩の兵たちと一戦交えることになるかもしれぬ。鉄砲玉が飛んでくるぞ。それでもついて来るか？」

あくまでも遠野へ越える前提の話をした。

「泣き言など言うものか」

たせは決然と言った。

もしかするとたせは、この一揆衆の中で一番腹が据わっているかもしれないと、命助は思った。

「よし。その言葉、忘れるなよ」

権之助が出立の合図をし、法螺貝が吹き鳴らされて行軍は再開された。

二

大槌村に入ると、道の両側に村人が集まって一揆衆を迎え入れた。

今までの狼藉が耳に入り、積極的に協力する姿勢を見せた方がいいという判断をしたのだろうと命助は感じたが、権之助をはじめとする頭人たち、一揆衆は、村人が本気で歓待していると思ったようであった。

若者たちは手に手に得物を持って「一揆に加担させてほしい」と列に加わり、肝入は分担金を差し出し、そのほかの村人たちは握り飯や漬け物など、家にある食料を差し入れた。

恐怖が、速やかな一揆への協力を引き出したのだと命助は思った。権之助のやり方も間違いではなかったか――。

しかし、村人の目や顔には、恐れを隠して愛想笑いをし、おもねるような色が見られた。

口々に労《ねぎら》いの言葉を言うが、心から一揆衆を歓迎しているのではないことは明らかだった。

大槌で一泊し、釜石に向かう途中、鵜住居村で懐かしい顔が待っていた。

栗林村から一揆に加わるために出てきた者たち八十二人である。その中に、集団より頭一つ背が高い松之助《まつのすけ》の姿もあった。

「命助！」

松之助は命助を見つけると大きく手を振りながら駆けてきた。

隣を歩いていた権之助が嫌な顔をした。

「権之助。栗林村の一揆衆は、全員一致で命助を頭人にすると決めたぞ。文句はあるまい？」

松之助が言うと、後ろを歩いていた小野が、

「今までの命助の働きを見れば、しごく当然な判断であろうな」

と口を挟んだ。

権之助は返事をせず、少し足を速めて先を歩いた。

栗林村の一揆衆は列に割り込み、命助の後ろを歩いた。

「命助、命助。小野さまの言った今までの働きっていうのを聞かせてくれよ。手柄を立てたか？」

どうやら松之助は小野と顔見知りのようであった。

「大したことはしていない」命助は言い、小声でつけ足した。

「全部、権之助の手柄になっている」

「ううむ……。しかし、これからは栗林の頭人だ。堂々とものを言えばいい」

松之助は顔をしかめて権之助の背中を睨んだ。

昼過ぎ、一揆衆は釜石に到着した。村々から馳《は》せ参じた者、強引に連れてきた者たちを合わせて、人数は一万六千人を超えていた。

命助は権之助に追いつき、耳打ちをした。

「人を走らせて、遠野に強訴するという話を言いふらさせた方がいい」

「必要ない。もう充分に言いふらしている」

「駄目押しだ。我らが目指すのは、平田の番所。そこを押し通って仙台領に入る。ここで遠野へ向かうことを強調しておけば、平田番所の者たちも皆、遠野への街道に回り、手薄になる」

釜石は、甲子《かっし》、仙人《せんにん》峠を越えて遠野へ向かう釜石街道と、石塚《いしづか》峠を越えて平田番所に至る道の分岐点である。駄目押しをするならば、ここしかない。

「うむ……」

権之助は探るような目を命助に向けた。

すでに藩の間者《かんじゃ》であるという疑惑は晴れているはずであった。

頭人としての経験は、権之助の方が長いが、命助も栗林村の頭人となったからには、立場上は同等。自分から頭人らを集めて命じれば、命助の手柄となるのに、なぜおれに言う——？

そういう疑問をもったのだろうと命助は思った。

「新参のおれから言うよりも、お前から伝えた方がすんなりといこう」

「世辞を言っても駄目だ」権之助は鼻で笑う。

「おれも、そろそろ駄目押しをしておこうかと思っていたところだった」

と平然と言った。そして、頭人を集める法螺貝を吹かせた。

集まった頭人に、権之助は、

「今より、駄目押しで我らが遠野に向かうことを人を走らせて知らせることにする」

と言った。

聞いていた小野が提案を付け加えた。

「釜石から平田の番所までは一里ない。一気呵成《かせい》に番所を打ち破るという手もあるが、駄目押しの偽の知らせを広めるならば、釜石で一泊するのがよかろうな。仙人峠を越えるための英気を養うという様子を見せておけば、平田の役人たちも、釜石街道の守りに回るであろう」

「よし」権之助は肯いた。

「では今から、偽の知らせを言いふらすのと同時に、家々を回って軍資金と兵糧の調達をする。何人かの頭人は残って、宿割りをしておけ」

「一揆衆は、釜石で合流する者らも含めると一万六千を超える」下野田の頭人、惣《そう》右衛門《えもん》が言った。

「大部分は野宿となろう」

「少し帰した方がいいのではないか？」

命助が言った。

「調子に乗るなよ」

権之助が低い声で言った。

「一揆衆は仙人峠を越えて遠野に入るものと思いこんでいる。ここで帰りたい者は村へ戻れと言えば、根性のない者は引き上げるだろう。お前と初めて会った時に言うたであろう。上有住《かみありす》に一万六千人を住まわせるだけの土地はなかろう。ここで間引いておかなければ、向こうに着いた時に大変なことになる」

「手間取りをさせればいいとお前は言うた」

「人数が問題だ。厳しい行軍に、逃げ出す者がもっと多いと思っていたが、皆、意外としぶとかった。手間取りをしたい者が半数だとして、八千人。それだけの数をどこが雇ってくれる？　多くの者が仕事にあぶれることになろう。篩《ふるい》にかけなければならん」

言いながら、命助の脳裏にちらりとたせの顔が過《よ》ぎった。

「それも道理だ」

半分ほどの頭人たちが肯く。あと半分は、権之助の顔色を見ている。

「仙台に移ると腹を決めた者たちだけで整然と行進して行けば、仙台領の侍たちの覚えもめでたかろう」

小野が言った。

命助の提案であったが、小野もほかの頭人たちもそれがいいと言うからであろう、

「分かった。それぞれの頭人は、村の者たちにそのように告げよ」

と、権之助はその案を通した。

頭人たちは急いで自分の隊へ走った。

夕刻になって、命助ら主立った頭人の宿に、各隊の頭人らから次々と知らせが入った。どれだけの人数が帰ったかという知らせである。田野畑の頭人、多助は「たせは残ると言い張っている」と言った。

権之助、小野のほか数人の頭人が集まる座敷で、命助は留書帖にそれぞれの人数を書き込んでいった。

そんな中で、野田通二升石《にしょういし》の頭人、孫之丞《まごのじょう》が面白い知らせを持ってきた。

「釜石の警備に寺社奉行の葛巻善右衛門《くずまきぜんえもん》が派遣されていたのだが、釜石代官堀江《ほりえ》定之丞《さだのじょう》と共に同心らを引き連れて、遠野の警備に向かった」

「策略が功を奏したな」

松之助が言った。

「前々から遠野に向かうと言いふらしていたのだ。駄目押しが効いたとは言い切れまい」

と権之助は唇を歪めた。

「お前の案だろうが」

松之助が不思議そうな顔をする。

「それはそうだが……」

権之助はばつの悪そうな顔でちらりと命助を見る。命助は知らないふりをした。

「面白いのはこれからだ」孫之丞はにやにやする。

「釜石の陣屋には遠野から援軍に来ていた侍たちがいた。その者たちになにも告げずに遠野へ向かったので、一揆衆を恐れて逃亡したのだと腹を立てた遠野の侍たちは、みな遠野に引き上げた」

「これは傑作だ」

松之助は手を叩いて笑った。

「とすれば、平田番所も手薄になっているやもしれぬな」

小野が言う。

座敷の頭人たちは肯き合ったが――。命助は浮かない顔で、

「減ったのは数百人――。思いの外、数が減らなかったな」

と腕組みをし留書帖を見下ろした。

「それだけ決意が固いのだ。いいことではないか」

松之助が言った。

「いや」と首を振ったのは権之助だった。

「弘化四年の一揆では、引き上げる一揆衆は遠野侯より米を賜った。米はあるから銭でくれと言う者には銭をくれた。それをあてにしている者が多いということだ」

「それは、村に帰るまでの食い扶持《ぶち》ではないか」小野が言う。

「一揆に加担した苦労に比べれば雀の涙だ」

「小野さま。一揆に加担した時から、飯と酒は保証されたようなもの。みんなで騒ぎながら、遠野まで行きそこで銭をもらって帰る。遊山と同様と考える者も多い」

「ずいぶん厳しい意見だな」

小野は笑いながら言った。

「一揆衆などそういうものでございますよ。長い間、一揆に関わっていればそういう事も見えて参ります。お城の侍にも能無しはございましょう。一揆衆も一緒でございます」

「村々では美談しか語られませんが」下野田の惣右衛門が言う。

「自慢できぬような事も多々ございます」

「まぁ、美談しか語られぬとか、悪行しか伝わらぬとかは世の常だがな」

小野は肩をすくめた。

命助は留書帖を見つめたまま考え続ける。

一万六千人近い民百姓が仙台領に押し掛ける。仙台藩にとっても、盛岡藩にとっても大きな衝撃であろう。

しかし、その数の者が仙台領に居着くことになれば、新しい村を幾つも作らなければならない。それは現実的ではない。

もう少し数を減らすことはできないか——。

「おい、命助」

松之助に声をかけられ、命助は振り向いた。

いつの間にか、座敷には数人分の夜具がのべられていて、すでに鼾《いびき》をかいている頭人もいた。夜具とはいっても、中に藁《わら》を詰め込んだ藁布団一枚である。夏場であるから頭人らはその上に寝転がっている。

「明日は山場だ。体を休めておけ」

言いながら、松之助は横になった。

「そうだな——」

命助は指に唾《つば》をつけて行灯《あんどん》の明かりを消した。

三

平田番所の給人、猪又市兵衛《いのまたいちべえ》はまんじりともしない一夜を過ごした。

一揆衆が遠野へ向かうという話を聞いて、平田番所の役人らのほとんどが釜石街道の警備に向かった。寺社奉行の葛巻善右衛門と釜石代官堀江定之丞にくっついて遠野へ向かったのである。番所に残っているのは数名の役人のみであった。

万が一、遠野に向かうというのが偽りで、一揆衆が平田番所に押し寄せてきたらと、役人らに訴えたのだが、『百姓らにそれほどの頭があるか』と笑われただけだった。残っていたのは同心ばかりで、市兵衛より身分の低い者たちであった。だが市兵衛は元々は漁師で溜《た》めた金で侍株を買い、金上侍となって給人として雇われた男である。同心らはそういう市兵衛を下に見ていた。

弘化四年に一揆を率いた小本の親爺《オドウ》こと切牛の弥五兵衛《やごべえ》は捕らえられて獄死したし、三月の野田通代官所襲撃の頭人であった忠兵衛《ちゅうべえ》は卒中で死んだ。賢い頭人がいないのだから、猪突《ちょとつ》猛進で遠野に向かうに決まっているというのである。

しかし、弥五兵衛は後継となる者たちをたくさん育ててきたという話であった。

噂に聞こえてくる一揆衆の行軍は統制がとれて整然としているという。賢い頭人がついているに違いないから、念のために平田番所の警備を厳重にした方がいいと食い下がると、今度はあからさまに以前の身分を持ち出して『漁師風情になにが分かる！』と同心らに罵倒された。

一揆衆が番所に押し掛けてきたら、逃げ出せばいい。そうも思ったがしかし、一介の漁師から取り立てられ、給金をもらっている恩がある。

万が一の場合、自分一人で番所を守る手はないか――。

さて、どうしたものか――。

そういうことで、市兵衛は一睡もできなかったのである。

まずは、一揆衆が釜石街道と平田番所への道のどちらを選ぶかを見極めなければならない。

市兵衛は、夜明けと共に起き出すと、家人に「ちょっと出かけてくる」と告げて、釜石街道の分岐点へ走った。

＊　＊

「遠野へ行くぞ！」

「遠野だ！　遠野だ！」

一揆衆は轟《とど》き渡る雷鳴のような雄叫びを上げ、法螺貝を吹き鳴らし、行進する。

もうすぐ釜石街道と平田番所への道の分岐点である。

先頭を行く命助、権之助、小野は、合図を出す機会をはかっていた。

分岐まであと半町（約五五メートル）の所で、権之助は隣の法螺貝手に目配せをした。

法螺貝手は進路変更の合図を吹き鳴らした。

後方の法螺貝手が次々に合図を伝達する。

行軍は分岐点を通り過ぎ、真っ直ぐ平田番所に向かった。

＊　　＊

街道の松の陰に身を潜めて様子を窺《うかが》っていた市兵衛は、法螺貝の音と共にこちらへ向かってくる一揆衆の大軍を見て、鼓動が激しくなるのを感じた。

すぐに飛び出さなければならないと分かっていても、足が萎《な》えて動かない。

平田番所はほぼ無人。残った数人の役人も、一揆衆は遠野へ向かうと安心しきっている。

自分だけが、一揆衆を止められる――。

「ええいっ！」

市兵衛は、二度、三度と地面を強く踏んで、道に飛び出した。

「お待ちください！　お待ちください！」

走る市兵衛を見て、一揆衆の先頭が立ち止まり、法螺貝が鳴った。

一万六千の行軍は止まった。

なにがあったのだというざわめきが広がった。

市兵衛は、一揆衆の前にひざまずいたあと、頭を下げた。

＊　＊

「何者だ？」

権之助は、目の前に平伏する男を見下ろして訊いた。

「わたしは平田番所の給人、猪又市兵衛と申す者でございます」

市兵衛は正直に素性をあかした。どこの誰とも知れぬ者の話よりも、平田番所に勤める者と言った方が、これから語ることに真実味が加わると思ったのであった。

「番所の給人？　藩に仕える者がなんの用だ！」

権之助は怒鳴った。

市兵衛はびくりと身を縮めた。

「給人ではあっても、もとは漁師でございます。皆様方と思いを一つにする者で——。食うために仕方なく禄《ろく》をはんでいるのでございます」

「それで、なにを伝えに来た？」

小野が訊いた。

「はい。一揆鎮圧の総大将、南部土佐《なんぶとさ》さまのご命令で、平田番所には大筒五門、鉄砲二百挺《ちょう》を携えた兵が五百人、詰めております」

「なにっ！」

権之助をはじめ、先頭にいた頭人たちは色めき立った。

「釜石街道を警備しているのではないのか？」

権之助の顔が青ざめた。

「はい。しかし、寺社奉行の葛巻さまと、釜石代官堀江さまが遠野に走ったため、手薄になった分を昨夜補充なさったのです。万が一仙台領に越境されれば、一大事ということで、平田番所の守りを固めております」

「南部土佐は、それほど頭が回ったたか」

小野が顔をしかめた。

「この人数であれば——」市兵衛は長く長く続く行列を眺めて言う。「番所を押し破ることもできましょうが、相当数の犠牲が出るものと思われます。それよりは篠倉《ささくら》峠の間道に進むことをお勧めします」

「篠倉峠か……」

権之助は渋い顔をした。

確かに篠倉山を越え、仙台領唐丹《とうに》の片岸川に出る道はある。しかしそれは杣道《そまみち》であり、一万六千の大軍が通れるような道ではない。

命助はじっと市兵衛の顔を見つめていた。

この男、嘘をついている——。

荷駄商いを通して、荷物の依頼主との交渉を何千回と行ってきた。その経験から、嘘をつく者の表情の変化は読めた。本職の仕掛者（詐欺師）はなかなか手強《てごわ》いが、日頃つき慣れていない者の嘘を見破るのは容易であった。

「平田番所に兵はいない。このまま行くべきだ」

命助は言った。

市兵衛は慌てた様子で、

「嘘ではございません！　火縄に火をつけて、いつでも鉄砲を撃てるようにしております」

「なにを証拠にそんなことを言う？」

権之助は命助を睨んだ。権之助もまた、市兵衛の言葉に疑いをもっているようで、口調には棘《とげ》が感じられなかった。

「商人《あきんど》の勘だ」

「勘だと――。そんな頼りないもののために、一揆衆を危険な目に遭わせるわけにはいかん！」

「ならば、物見を出せばいい」

命助の言葉に、市兵衛は必死な口調になる。

「鉄砲隊はぴりぴりしております。不審な者の姿を見たら、撃って参りましょう」

すがるような目で権之助を見て続ける。

「これほどの軍勢が狭い道で鉄砲に撃たれれば大混乱になります。逃げる者に押し倒され、踏みつぶされ、大勢が死んだり怪我をしたりいたしましょう」

「その通りだ」権之助は命助を見る。

「お前は一揆を知らぬから、大勢が恐怖に慌てた時の騒ぎを知るまい。頭人がいくら叫んでもおさまらぬ」

命助は権之助の言葉に苛立《いらだ》った。

上に立つ者たちは経験から導き出される答えこそ一番と考えているから、新参者の意見を軽んじる。そして次に、新参者の言うとおりにやって失敗したら、誰が責任をとるのかと詰め寄る。結局、いつも今までやってきた無難な方向を選ぶのだ——。

遠野で小沼八郎兵衛から教えられたことであり、荷駄商いをしながらあちこちで見聞きした〝真理〟であった。

「もし、お前が言うとおりに平田番所に押し寄せて鉄砲で撃たれたら、誰が責任をとる？」

予想通りの問いを権之助が発したので、命助は苦い顔をした。

権之助は、命助の表情を見て、痛いところをついてやったと思ったのであろう、ほくそ笑んだ。

これで、平田番所を抜けて仙台領に入るという、一番楽な手は排除されるだろう。

だが——。

と、命助は思い直す。市兵衛の嘘に乗ってみるのも一つの手——。

篠倉峠は命助も知っている。相当に険しい山道である。今まで通ってきた街道の比ではない。ならば、脱落する者も多いはず。

半数――。いや、五千人でもいい。人数を減らせればこれからの動きが楽になる。

命助は今まで、仙台領に移住する者や手間取りをする者の人数だけを言ってきたが、まだまだ問題はあった。

仙台領に入れば、まず捕らえられて取り調べが行われる。一万六千人となれば、かなりの時を要する。その間に供給される食糧もその一つであった。それだけの人数の食事を毎食出していれば、仙台藩も嫌気がさして来る。適当に調べを進め、早いところ盛岡藩と手打ちをしようと、杜撰《ずさん》な対応をされるだろう。

もちろん、それについての対策は考えてあったが、人数は少ないに越したことはない。

しかし、ここで積極的に篠倉越えを主張すれば、その責任がこちらに回って来かねない。

ここは少し狡《ずる》く立ち回り、ほかの頭人たちの様子を窺おう。

この流れならば、こちらが言い出さなくとも篠倉越えに決まる。

命助はそう思って考えを口には出さなかった。

権之助は頭人たちを集める法螺貝を吹かせた。各隊から頭人が集まり、市兵衛と命助たちを囲んだ。

権之助は市兵衛に、もう一度状況を説明するように促した。市兵衛はがたがた震えながら同じ話を繰り返した。

頭人たちは呻《うめ》き声を上げた。

「平田番所には鉄砲隊が待ち受けている。遠野へ行くと吹聴《ふいちょう》していたから、釜石街道の警備も厳重だろう」

権之助は恨みがましい目を命助に向けた。

ほれ来た。なにか問題が起こればすぐに人のせいにしようとする――。

だが、おれのせいにしようにも、遠野へ行くと吹聴する案は自分が言い出したことにしたのだからな――。

命助は権之助に薄ら笑いを浮かべる。

権之助は小さく舌打ちして、

「ならば、篠倉峠を越えるのもいたしかたなしと思うがどうだ?」

と一同を見回した。

頭人たちは無言で肯いた。

いつまでも黙っているのも具合が悪かろうと思い、命助は口を開く。

「一揆衆が仙台領に越境した事実を作るのが先決。体力に合わせて隊を組み替えてはどうだ？　山歩きに慣れぬ者を庇《かば》いながら登れば、時がかかりすぎる。慣れた者を先に登らせ、そうではない者は己の力に合わせて登らせる」

「仕方があるまいな」

小野が言った。

命助はちらりと小野を見て頭を下げた。

表情からは読みとれなかったが、なんとなく小野はこっちの考えに気づいているような気がした。

「市兵衛。よく知らせてくれた。一揆が終わったならば、あらためて礼をしに参る」

権之助が言う。

「いえ……。それは、やめてくださるようお願いいたします」

「なぜだ？」

「一揆に加担したとなれば、給人ではいられなくなります。もはや舟もありませぬゆえ、禄をいただけなければ、家族が日干しになってしまいます」

「なるほど、それも道理だ」小野は笑う。

「もういい。帰れ。長く留守にすれば、番所の役人に疑われよう」

「はい。それでは、皆さまお気をつけて」

市兵衛は立ち上がると、何度も頭を下げながら戻って行った。

「よし。すぐに隊を組み替えて、篠倉峠へ向かおう」

沼袋の頭人、初之助《はつのすけ》が言うと、頭人たちは自分の隊に戻り、組分けをした。

一刻（約二時間）ほど後、一揆衆は篠倉峠を目指して行進を開始した。

命助はしんがりにいて、たせが最後の隊にいるのを見届けた。

「険しい峠越えだ。大丈夫か？」

命助は前に戻りながら、米の蒲簀を背負うたせに声をかけた。

「おらは泣き言など言わぬ。そう言ったはずだ」たせは怖い顔をした。

「さっさと前に行け」

「分かった。無理はするな」

命助はたせを追い越した。

「峠越えなど屁《へ》でもないわ！」

後ろでたせの怒鳴り声がした。

四

元気のいい若者たちは、道ではなく山の斜面を、下生えのチシマザサを手掛かりに、木の幹を足掛かりにして登っていった。

しかし、篠倉山を登り始めた頃から、ぽつりぽつりと脱落者が出た。最初はしんがりの頭人たちが止めようとしたが、その数が増え続けたのでついには諦《あきら》めた。

木々の葉が重なり合って分厚い天蓋《てんがい》を作り上げる山中は、暗くなるのが早い。周囲が薄闇に包まれると、集団で下山する者たちが増えた。

峻険《しゅんけん》な山道ゆえ、峠越えは夜間になった。

そうなると、逃げ出す者の数が減った。山の中で道を見失うのが怖かったのである。

闇の中に目を凝らし、前を行く者の背中を見ながら、下生えを踏み分ける音を聞きながら、時に、狼の遠吠《とおぼ》えに震えながら、一揆衆は必死で歩いた。

命助の後ろを歩いていた百姓の親子の声が聞こえた。

「おれはもう駄目だ……」

父親の苦しそうな声だった。

「どうしたおっ父《とう》」

ずいぶん若い声だった。十五、六歳というところか。

「さっきの谷で足を挫《くじ》いた。腫《は》れ上がって、もう足首が動かん。ここに置いていけ」

「駄目だ、おっ父。おれが負ぶって行く」

「いや、お前に苦労はかけられぬ」

二人は立ち止まったようで、声は後ろに遠ざかる。

命助は、自分が負ぶってやろうと思い、足を止めた。

その腕がぐいっと引かれた。

小野だった。

「やめておけ。一人を助けようと思うならば、なぜ強引にでも平田番所を押し破る方を勧めなかった?」

命助ははっとした。やはり小野は気づいていたのだ——。

「お前は、市兵衛の嘘を見抜きながら、峠越えで意気地のない者を振るい落とす方を選択した」

「小野さまこそ、それに気づいていたならば、なぜ番所へ向かうべきだと仰せられなかったんです？」

命助の問いに小野はにやりと笑って「お前と同じだ」と答えた。

「意気地のない者は振り落としておくに限る」

「ですが、怪我をした者は、意気地のない者とは違います」

「ならば、あの親子ばかりではなく、最後尾まで行って、怪我で動けなくなった者たちをすべて負ぶって来い」一人、二人に情けをかけるのは、自己満足でしかない。

言われて、命助は答えに窮する。確かに小野の言うとおりだった。せめて一人だけでも助けたいという気持ちはあったが、頭人の一人がそんなことをすれば、『なぜあっちは助けてこっちを助けない』という不満が出てくるだろう。

「……分かりました。わたしの心得違いでした」

命助は小野に頭を下げ後ろを振り返る。闇の中に親子の姿を見つけることはできなかった。

そうなのだ。おれは、仙台領に越境した者たちすべてを助けなければならないのだ——。

命助は唇を嚙んで歩き出した。

たせはどうしたろうと、ちらりと思った。

真夜中に峠の頂上に達すると、しんがりを歩いていた松之助が命助らのもとに走ってきて、状況を報告した。

「やれやれ。三分の一は逃げ出したぞ」

「三分の一か……」

命助は、そろそろ半分くらいに減っているのではないかと思っていたのにと、舌打ちしたい気分だった。

自分自身を振り返れば、ここまで歩き続けていることに驚きを感じていた。体は疲れ果てて、腿《もも》の筋はぱんぱんに張り、草鞋《わらじ》の縄が当たる部分は擦《こす》れて痛んだ。荷駄商いで、山越えの道は慣れていたが、これほどの峻険な道は滅多にない。それでもおそらく、商いの途中でこのような道に出会えば、黙々と踏破したことだろう。商売相手に対する責任があるからである。

最初は、暮らしが立ちゆかなくなるから、一揆衆に加担して、少し金を回してもらおうという狡《こす》っ辛い動機だった。

一揆に加担しようかと考え始めた頃から、古老に話を聞いたり、自分で兵略を考えるのが楽しくなった。権之助を通して一揆衆を動かすのも面白かった。

だが、それだけのことであれば、なにかの言い訳を考えて一揆を抜けることもできた。小野から金を融通してもらっているから、暮らしの憂いはない。してみると——。

おれは、この一揆に責任を感じているのだ。

そして、意義も感じている。

この一揆を成功させれば、大きくなにかが変わるきっかけとなるという予感があった。

なんとしてもこの一揆を最後までやり通さなければならない。

命助の中で、はっきりとした意識が焦点を結んだ。

「命助？」

黙り込んだ命助を訝《いぶか》しんで、松之助がその顔を覗《のぞ》き込んだ。

体力が有り余っている若者たちは別だが、今、青息吐息で必死に篠倉越えをしている者たちは、それぞれが強い思いを抱いている。

そういう者だけが、事を為《な》し得る。

もしかすると、この峠越えは重要な試金石であったのかもしれない——。

命助は、松之助に顔を向けて微笑んだ。

松之助はその笑みの理由が分からなかったようで怪訝《けげん》な顔をした。

「辺りが明るくなって来たら、もっと減るぞ。追い越して来た奴らは文句たらたらであった。これだけ苦しんで、どれほどの得があるのだと真剣に訊いて来る者や、こんなことなら江戸に手間取りに行った方が楽だと言う奴もいた」

「意地のある奴だけがついて来ればいい」

権之助は吐き捨てるように言った。

命助は、やっとそういう気になってくれたかとほっとすると共に、長年一揆に取り組んできた権之助が、たかだか峠越えの苦行程度で諦める者たちにどれだけ腹を立てているだろうと思うと気の毒になった。

「その意地のある奴の中に、たせもいたぞ」

松之助が言った。

「そうか」

命助が言うと、権之助が、

「口ばかりの女ではなかったか」

と、少し感心したように呟《つぶや》いた。

＊　＊

明け方近く、長い下り坂になった。

どこからか水音が聞こえて来た。

幾つかの谷を渡り、沢水の音は耳にして来たが、今聞こえて来るのは明らかに沢よりも大きな川音である。

「片岸川だ！」

権之助が叫んだ。

後ろを振り向いて、もう一度叫ぶ。

「片岸川だ！　唐丹はもうすぐだぞ！」

一揆衆の間に「片岸川だ！」という歓喜の声が広がっていく。

前方から数人の人影が斜面を駆け上って来た。先行していた若者たちである。

「もうすぐだ！　あと十町（約一キロ）も進めば、片岸川の川原に出るぞ！」

「あと少し頑張れば、希望《けもう》の地に着くぞ！」

若者たちは斜面を駆け上りながら、疲労困憊の一揆衆を励ましていく。

その姿に命助は目頭が熱くなる思いであった。

一揆衆の足は速くなった。

明るさを増して、薄闇に立ち並ぶ木々の姿が見えるようになった森の中、転がるように坂を駆け下りる者も出始めた。命助たちを追い越した栗林村の者たちは、背負った蒲簀を揺すり、

「川で飯を炊いて待っている！」

と満面の笑みを見せた。

命助らの足取りも、しだいに速くなる。

木々の間から、石だらけの川原が見えると、走り始めた。

下生えを激しく鳴らし、倒木を跳び越え、川原に飛び出した。

着地して膝《ひざ》を曲げると、疲労が一気に命助に襲いかかり、その場に転がった。石ころが背中に当たって痛かったが、そんなことはどうでもいいくらいに疲れていた。

一揆衆が、歓声を上げながら次々と川原に飛び出して来る。

命助は寝転がったまま、その光景を見つめた。気がつくと、飯のいいにおいが漂ってくる。顔を巡らせると、先に着いた若者たちが川原石で竈《かまど》を作り、飯を炊いていた。驚いたことに、その中にたせがいて、火吹き竹を吹いていた。

「たいした女だ……」

呟いた命助の視野の中に、森からよろよろと歩み出る人影が見えた。
十五、六歳ほどの少年が、父親らしい大人を背負っている。足元に用心しながら、川原に下りた少年は、そっと背中の父を川原に下ろした。
少年の背から下りた父は、顔をくしゃくしゃにして泣きだし、少年の足元にひれ伏した。少年はその背を優しくさすった。

あの親子だ――。

命助は起きあがった。

なにか言ってやらなければと思った。

重い足を引きずるようにして命助は親子に近づいた。

親子は抱き合って泣いていた。

その姿を見下ろした命助の中に、様々な美辞麗句が浮かんだが、いずれもこの親子には相応《ふさわ》しくないと感じられた。

命助は腕を広げて、二人を抱き締めると、

「よく頑張ったな……」

と言った。

視線を感じて後ろを振り返ると、上半身をはだけて汗を拭《ぬぐ》う小野が微笑んで、こちらを見ていた。

命助は照れたような表情を浮かべ、小野に歩み寄った。

「手助けをしたわけじゃない。このくらいはいいでしょう」

そう言うと小野は、

「駄目だ」と、笑みを浮かべて首を振る。

「その言葉、皆に言うてやれ」

命助ははっとした。

そして、川原を見回した。

まだ元気が残っている者は飯炊きの手伝いをしていた。芋茎《ずいき》を刻み、川の水を満たした鍋《なべ》に味噌《みそ》を溶いて汁を作っている者もいたが、多くの者たちは川原に転がって荒い息をしていた。その数八千余り――。

命助の目論見《もくろみ》通り一揆衆は半数に減っていた。しかしそんなことよりも、八千人もの人々が、険しい峠道を踏破して来たのだという感動が、命助の体を駆け回った。

「よく――」命助は大声で叫んだ。

「よく頑張った！　ここはもう仙台領だ！　おれたちは、大きなことを一つ成し遂げた！」

命助の言葉に、朝飯の用意をする若者たちが「応っ！」と返した。

川原に倒れた者たちも、弱々しくはあったが、明らかに喜びに溢《あふ》れた声で「応っ」と返事をした。

命助のすぐ近くで、権之助がむっくりと上体を起こした。

「おれの役目を奪いおって」

何度も舌打ちして、権之助はまた寝転がった。

五

朝飯は賑《にぎ》やかだった。疲れ果てた者たちも、腹に物が入ると、たちまち元気を取り戻した。

口々に篠倉越えの苦労を語り、互いの健闘を讃《たた》え合っている。

命助、権之助、小野ら主立った十数人の頭人たちは車座になって朝飯を終えた。

「さて、あとは仙台藩の役人が来るのを待つだけだな」

権之助が言った。

「いや」命助が首を振る。

「盛岡藩に揺さぶりをかける」

その言葉に、頭人たちは訝しげな顔をする。

「また余計なことを言い出す！」

権之助が拳で地面を叩いた。

「どういうことだ？」

小野が訊く。

「交渉を有利に進めるために」

「交渉？」

「頭人らの報告では、篠倉峠を越えたのは八千五百六十五人。そのすべてが仙台領に移り住んだり、手間取りの仕事に就いたりというのは現実的ではございません」

命助は言って頭人たちを見回した。

「しかし――」口を挟んだのは田野畑村の頭人、多助であった。

「我らは、それを目的に、断腸の思いで先祖伝来の土地を離れ越境してきたのだ」

「仙台領に移り住みたいと言うているのは何人だ？」

命助が訊いた。

「三千人ほどだ」

権之助が答える。

「しかし、その者たちは家族を置いて来ただろう。その者たちがこちらに住処《すみか》を見つければ、家族を呼び寄せる。となれば、仙台藩が受け入れなければならぬ数は、その三倍、四倍に増える。認められると思うか？」

頭人たちは黙り込んだ。

「ならば、どうする？」権之助は命助を睨む。

「我らが立てた兵略に否を唱えるのであれば、代案があるのだろうな」

「大声を出さずに聴けよ。ここで頭人たちが仲間割れしていると思われると、面倒なことになる」

命助は前置きをして、頭人らの顔を見回す。

全員が肯いたのを確認して、命助は口を開いた。

「盛岡藩に戻るのが一番だ」

頭人たちの表情が凍りついた。

「やはりお前、藩の間者であったな」

権之助が唸るような声を上げた。

「違う」命助は強く首を振った。

「盛岡領が我らの住みやすい土地になれば、先祖伝来の土地を、漁場を、捨てずにすむ。仙台藩を間に立てて、交渉をするのだ。仙台藩とて、一万人を超える他藩の民百姓を受け入れるより、盛岡藩に帰ってもらった方がずっと楽だ。この一揆を丸く収めれば、盛岡藩に恩を売ることにもなる。一方、盛岡藩は仙台藩との約束を破れば、大事になることは目に見えている。そういうことが御公儀に知れれば、大一揆を起こされて隣藩に迷惑をかけ、さらに隣藩との約束も守らなかったとして厳しいお咎めを受けることになる。我らは有利に交渉を進めることができる」

命助は一気にまくし立てた。

「なるほど、土地を捨てずにすむならば、それが一番であろうな」小野が言う。

「それで、どうやってそれを成し遂げる?」

「細かい兵略を今ここで話している暇はございません。雨露を凌《しの》げる場所に腰を落ち着けてから、ゆっくりとお話をします。まずは、盛岡領へ帰ることを第一に。仙台に移り住むなり手間取りをするなりは二の手ということを認めていただきたい。ただし、一揆衆に『頭人らは考えがころころと変わる』と思われては結束が乱れる恐れがございますゆえ、しばらくの間は内緒ということで」

「どうやって揺さぶりをかけるっていうんだ?」

権之助が渋面をつくって訊いた。

「おれの案に賛成してもらえるのか？」

「いい案だと判断できれば、まずは試す。うまくいきそうになければ、お前の案は捨てる」

多助が言う。

権之助は不承不承といったふうに肯いた。

「それでいい――。ならば、役人が来るのを待つのではなく、今から本郷《ほんごう》番所へ向かう」

唐丹は仙台領最北の村であった。七つの集落の中心、本郷には藩境の守りである本郷番所があった。

「盛岡藩から仙台藩に知らせが届く前にこちらから出向き、到着を知らせる。そうすれば、仙台藩の方から先に、問い合わせがいく。報告より先に問い合わせが来れば、盛岡藩は慌てる。そして、対応は後手に回る」

命助が言うと、小野は小首を傾げる。

「本郷番所と平田番所は目と鼻の先ほどに近い。ならば、もう騒ぎを聞きつけて斥候を出し、一万六千の行軍は知っておろう」

「それは構わぬのです。盛岡藩の正式な報告が仙台藩に届く前に、仙台藩の問い合わせが盛岡藩に届くことが肝要。それは盛岡藩の失点となり、こちらは有利に第一の交渉を始められます――」

命助は言葉を切って一同を見回す。

いずれも、『なるほど』と肯いている。

だが、権之助だけは腕組みをして険しい顔をしていた。

「おれ一人では安心できないというのであれば、誰かついて来い」

命助は言った。即座に権之助が口を開く。

「おれが行こう」

「おれも行く」松之助が言う。

「おそらく、命助とおれが行くと言えば、栗林の若い者も何人か行きたいと言うだろう」

「わたしはやめておく」小野が言った。

「侍の姿では少々具合が悪い。これから先のことを考えて、誰かに百姓の着物を借りて、ここで待つ」

「よし。ではおれと権之助、松之助、栗林の若い者数名で出かけることにする」

「役人が一緒に戻ることも考えて、かねての手筈通りによき場所を見つけて座を整えておけ」

権之助が頭人たちに言って立ち上がった。命助の案に従うにしても、最後の指示だけは自分で出しておきたいらしかった。

＊　＊

〈小〇〉の幟を掲げた松之助を先頭に、栗林の勘介《かんすけ》、金兵衛《きんべえ》、善五郎《ぜんごろう》と松次郎《まつじろう》が、命助と権之助の前後を固めて道を進んだ。

集落に出ると、野良仕事をしていた百姓たちが慌てて家の中に隠れた。

「我らは盛岡藩の百姓でござーる！」松之助が大きな声で言った。

「仙台藩にお願いがあり、まかり越しました！　乱暴狼藉はいたしませぬゆえ、ご心配めさるな！　我らは本郷番所に向かう途中でござーる！」

その声を聞き、何人かが家を飛び出し、畦道《あぜみち》を駆け抜けて走っていく。おそらく、番所に向かったのであろうと命助は思った。

戸の透き間から覗く視線を浴びながら、命助たちは番所の近くまで来た。柵《さく》に囲まれた番所から、数人の役人が駆けだして来た。

「止まれ！　止まれ！　そこで止まれ！」

役人の一人が叫ぶ。

命助たちは立ち止まって、その場に平伏した。

「手前共は、盛岡藩の百姓でございます」権之助が平伏したまま言った。

「仙台藩にお願いの儀があり、越境して参りました」

「越訴《おっそ》ということか」

役人が言った。

「左様でございます」命助が言う。

「我らは盛岡藩の度重なる新税、増税、御用金を支払うために、家まで借金のカタに取られてしまった者たちでございます。日々の暮らしをするための銭もなく、仙台領で手間取りをさせていただきたく存じます。土地までも取り上げられた者は、仙台領に移り住ませていただきとうございます」

「お前たち七人だけか？」

ほっとしたような口調だった。

「いえ。片岸川の上流に八千五百五十八人」

命助が答えると、役人たちは驚きの声を上げた。

「あの峠をそれほどの数が越えたか……」

役人たちは頭を寄せ合ってひそひそと話を始める。

命助たちは平伏したまま待った。

「詳しい調べは後ほどするが、とりあえず八千五百の者どもを確かめ、頭人らから口書をとる。案内せよ」

役人の一人が言った。

「恐れながら――」命助が言った。

「頭人はおりませぬ」

その言葉に、権之助は平伏したまま、驚きの目を命助に向けた。

「頭人もおらぬのに、八千五百もの百姓が篠倉を越えられるものか。南部領では一万六千人を率いたというではないか。頭人がいないはずはない」

「頭人は、必ず捕らえられ処罰されまする」

「なるほど……。そういうことか」役人は渋い顔をする。

「ならば、頭人でなくてもよい。お前たちでも構わぬゆえ、越訴の子細を語れる者から話を聞く」

「そういうことであれば――。ではご案内申し上げます」

命助は立ち上がり、権之助と松之助、栗林村の若者たちも続き、踵《きびす》を返して歩き出した。

後ろで「第一報をお城へ」と役人の誰かが言い、三人ほどの足音が命助たちを追った。

六

唐丹村の最後の集落を抜けると、小高い丘に広場があった。牛馬の飼い葉を刈る広場である。

八千五百人余りの一揆衆は、整然と並び正座をして命助たちや役人を迎えた。役人用に草の上に厚く筵《むしろ》が敷かれていた。

一揆衆は遠くから松之助の幟を確認して整列していたのであった。

役人たちは、背筋を伸ばして一斉に礼をする一揆衆に驚きの目を向けた。

侍の作法に倣った礼、しかも、下手な侍たちよりも動きが揃っている。

命助たちが来る前に、小野が何度か練習をさせていたのであった。その小野は、野良着を着て頬被りをし、野田村の百姓たちの中に紛れていた。

役人三人は筵の上に座り、平伏する八千五百余人を見回した。真ん中の役人が口を開く。

「わたしは本郷番所の千葉孫兵衛《ちばまごべえ》である。仙台領に移りたい、あるいは、仙台領で手間取りをしたいと、篠倉峠を越えてきたというのはまことか？」

一揆衆は一斉に「へへーい」と答えた。

「この場ですぐに返事をするわけには参らぬ。しばらくの間、この野に留《とど》まるように。お城よりご沙汰《さた》がありしだい、知らせに来る」

千葉は立ち上がった。そして、命助を見て、

「お前たちはもう一度、番所に来い」

と言って、丘を下りて行った。

権之助は一揆衆に、

「野宿の用意をしておけ！」

と命じた。

一揆衆は、大きな声で「応っ！」と応《こた》えた。

八千五百余りの声は、大きな雷鳴のようで、三人の役人たちは身を震わせて驚いたが、そこは侍の面子《メンツ》であろう、振り向きもせずに歩いていく。

命助たちは笑いを堪《こら》えながら、役人たちの後についていった。

＊　＊

命助たちは番所の中庭に座らせられたが、縄をかけられることはなかった。

千葉が濡《ぬ》れ縁に座り、盛岡藩の新税や増税、御用金のことを事細かに聞き、物書がそれを紙にしたためていった。

「――なるほど。それは理不尽な税、御用金であるな。まるで、三閉伊《さんへい》を狙い撃ちしているかのようではないか」

千葉は言った。

「まさにその通りでございます」権之助が言った。

「三閉伊と盛岡の間には、険しい山々が横たわっております。一揆が起こってもご城下に到達する前に鎮圧できるという考えであろうと思います。また、藩の目が届かぬ事をいいことに、好き勝手をしている商人も多ございます」

「そこで――」

命助が口を挟んだ。

仙台藩の役人の手前、権之助も自分を邪険に扱えないはず。頭人たちの前で話せば絶対に反対され、潰《つぶ》される案であっても——。

「我らは、三閉伊を仙台領にしていただきたく存じます」

思いもかけない言葉に、権之助、松之助、栗林村の若者たちも驚いて命助を見た。

「命助、なにを言っている……」

権之助は顔を強張《こわば》らせて命助の袖《そで》を強く摑んだが、『勝手なことを言うな』と激昂《げっこう》することはなかった。

「三閉伊を仙台領に……」

千葉は眉間《みけん》に皺《しわ》を寄せた。

「御意。三閉伊を仙台領にしていただければ、そこに住む民百姓は苦しみから解放されます。その上、仙台藩は、政宗《まさむね》公の頃からの大望を少し推し進めることができましょう」

政宗公の頃からの大望というのが、東北の統一を意味しているのだと、千葉はすぐに理解したようで、一瞬はっとした表情になった。

「三閉伊には優れた鉄山が幾つもございます。これからの世を考えれば、手に入れておいて損はない土地でございますぞ」

「なんと大胆な……。盛岡の領民が口にするべきことではないぞ」

「すでに盛岡藩を見限っておりますれば。この度の件で盛岡藩が難癖を付けてきたならば、仙台藩は御公儀に申し立てればよいのでございます。三閉伊では一揆が相次いでいる。盛岡藩の政が間違っている。仙台藩ならば、領民が満足できる統治ができる。また三閉伊の民もそれを望んでおります、と」

「ううむ……」

「わたしは百姓でございますれば、詳しい政の仕組みは分かりませぬが、うまく説得できれば、三閉伊は仙台藩のものとなります。さすれば、百姓、漁師たちも安心して郷《さと》に帰ることができまする——。口書にしっかりと書いていただき、お城にご報告をお願いいたします」

命助は頭を下げた。

役人たちの目の色が変わったことを命助たちははっきりと見た。

その後、一揆の経緯などをざっと訊かれ、命助らは番所を出された。

帰り道、番所が見えなくなった所で、急に権之助が命助の襟を摑んだ。松之助と栗林の若者たちが慌てて両者を引き離した。

「おい命助、どういうつもりだ！　我らの地を仙台に売るなど、正気の沙汰ではないぞ！」

「侍らの欲を利用するのだ。己の藩に得があると思えば、こちらに味方してくれる。もし本気でこちらの手に乗ったとしても、どうせ御公儀に潰されよう。その前に上役が鼻で笑って終わり。ただ、こちらの気持ちは伝わるはずだ。まかり間違って三閉伊が仙台領になっても、今より悪くはなるまい」

「うむ……」

「先に伝えておかなかったことは謝る。すまなかった。打ち合わせをする暇がなかったから伝えなかったが、これから先はちゃんと頭人らに知らせ、合意をとった上で進める」

「ううむ……」

権之助は命助を睨んで唸る。しかし、侍の欲を利用するという命助の言い分には一理あると思ったのであろう。それ以上の文句は言わなかった。それに、三閉伊を仙台領にしてほしいと言われた後の役人たちの様子を見れば、命助の兵略はうまくいったと言わざるを得ない。

権之助は、栗林の若者らの手を振り払い、

「約束は守れよ」

と言って歩き出した。

篠倉越えも序の口にすぎない――。

これからの仙台藩との交渉。そして、いずれ来るであろう盛岡藩との交渉こそが、大一揆の本舞台なのだ。

荒々しく歩く権之助の後ろ姿を見ながら命助は思った。

第三章

一

命助《めいすけ》たちが村はずれの丘に戻ると、草地には急造の小屋掛けがたくさんできていた。

細い木を組み合わせた片流れの筵《むしろ》屋根に、茅《かや》を刈って被《かぶ》せたものである。二、三人が寝られるほどの広さがあった。茅は近くの集落に頼み込み、入会《いりあい》の茅場から刈らせてもらった。

集落には、野宿を気の毒がる村人もいたが、八千五百を超える人を収容するだけの家数はなく、いかんともしがたかった。

一揆《いっき》衆は食糧の蒲簀《かます》の数を確認した。半数の脱落者が出たために、唐丹《とうに》まで運べた蒲簣は少なかった。

離脱する者たちに蒲簣は目立つところへ置いていけと命じていたので、若い衆が峠道を引き返し、回収して来た。中には獣に食い荒らされたものもあったが、とりあえず全員が数日食いつなぐ分の食糧は確保できた。

命助たち頭人は、いつ仙台から役人が来てもいいように、名簿や訴状をしたためて用意をした。

夕方前には野宿の用意をすべて終えたので、一揆衆は夕飯を食って小屋でごろごろとした。

木々の間に細引きを張って洗濯物を干すたせの姿があって、命助は手伝おうと思ったが、言っても断られるだろうと諦《あきら》めた。

翌六月七日。いち早く起き出した者たちのざわめきで命助は目覚めた。同じ小屋に寝ていたはずの松之助《まつのすけ》と勘介《かんすけ》の姿が無かった。

命助が小屋を出ると、松之助が走ってきた。

「大変だ、命助。人が減っている」

松之助が強張《こわば》った顔で言った。

「そうか」

命助は驚かなかった。苦労して篠倉《ささくら》越えをしたはいいものの、仙台領に入って急に怖《お》じ気づく者は出てくるだろうと予想していたのだった。

命助は頭人《とうにん》たちが集まっている広場へ向かった。その途中、石を組んで作った竈《かま》場《ば》で飯炊きをするたせの姿を見つけた。ほっとする自分に、命助は照れたような笑みを浮べた。

広場に入り、

「何人いなくなった？」

命助が聞きながら近づくと、

「二千三百人ほどだ」

と権之助《ごんのすけ》が答えた。

「残ったのは六千二百七十六人」

小野《おの》が言った。

「皆を集めて話をしよう」

命助が言った。

「うむ。これ以上減らないように言って聞かせなければならんな」

権之助は言った。

「いや。後悔をしている者は戻れと言おう」

「なんだと?」

権之助は険しい顔をした。

「猟師ならばいざ知らず。見知らぬ土地で野宿をする寂しさに耐えかねる者だっている。村に残して来た家族のことが心配で心配で堪《たま》らぬ者もおろう。昨日集めた蒲簀では何日も食いつなげないと考え、これからの飢餓を憂う者もいるはずだ。そういう者たちは帰ってもいいのだと言ってやることで、一揆衆の心は落ち着く。無理やり脅して残したところで、不満がつのり、仲間割れの種になるだけだ」

「うむ……」宮古通蟇目《ひきめ》の頭人、助右衛門《すけえもん》が肯《うなず》いた。

「命助の言い分にも一理ある。命助に話してもらってはどうだ?」

一同は「それがよい」と答えて権之助を見た。

権之助は一瞬、答えを迷った様子だった。

今、命助の言葉を否定すれば、自分が小さい男と思われる。ならば、認めてやることで自分の度量の大きさを示した方が得だ——。

権之助の中で、そんな思いが交錯したのだと、命助は想像した。

案の定、権之助は渋い顔をしながらも、

「では、皆を集めよ。法螺貝《ほらがい》を吹いては集落に迷惑だから、手間でも声をかけて集めるのだ」

と言った。

頭人たちが散り、すぐに一揆衆が集まり、草原に座った。一晩で二千三百人近い仲間が減ったので、不安そうな顔をしていた。

残った者たちの前に立っていた権之助が、ちらりと後ろを向く。目が合った。

権之助はつかつかと命助の前に歩み寄った。

「お前が話してみろ」

命助は権之助の言葉の意味が分からなかった。

「帰りたい奴は帰すと言い出したのはお前だ。お前が責任を持って皆に伝えろ」

権之助は命助に顔を近づけて、意地悪な笑みを浮かべる。

命助は草地を埋め尽くす一揆衆に目を向けた。

「六千三百近い者たちを納得させてみろ。言い方を間違えれば、連中は『おれたちを厄介払いして、頭人たちだけが美味《うま》い汁を吸おうとしている』と勘ぐるだろう。そうなったらおれが尻拭《しりぬぐ》いをしてやるから、安心してやれ」

なるほど、権之助は人心の掌握が巧みだ。ここでおれに失敗させて、頭人としての株を落とさせ、自分が代わりに一揆衆を説得しようという魂胆か。

しかし——。と命助は思う。

おれがうまく説得できれば一気に頭角を現すことができる。

「分かった」

命助は一揆衆の前に立つ。そして、一同を見回しながら明るく言った。

「二千三百もの人が減って心細くなったか？」

命助の言葉に、一揆衆は顔を見合わせてひそひそと言葉を交わす。その顔は不安げであった。

「裏切りやがってとか、おれも帰ろうかなどと思っている者もいるだろう？」

ざわめきが大きくなる。

命助は両手を挙げて一揆衆を静める。

「だがな、気にすることはないぞ。皆、それぞれ心配事を抱えているのだ。女房が恋しくなった者もおろう」

命助が股間《こかん》を摑《つか》んで言うものだから、一揆衆の間に笑いが起こった。

人の輪のはずれにたせの姿を見つけ、下品なことを言ってしまったと一瞬反省した。しかし、たせがげらげらと笑っていたので安心した。

「だから、いいのだ。心配でしょうがない者は引き留めはしない。帰るも留《とど》まるも、お前たちの心しだい。気楽に参ろう。皆が帰っても頭人の七十余人は残る——。おっと。昨日の約束を忘れていたぞ」

その言葉にまた笑いが起こる。

頭人が捕らえられて罰せられることを防ぐために、この一揆には頭人はいないことにすると、昨夕の集会で話していたのだった。

「ともかく、残った者でうまく話をまとめる。郷《さと》に戻った者たちにも恩恵があるように交渉する。だから、皆、無理をしなくてもよい。また、一揆が終わって郷に帰っても、途中で帰った者をなじるなよ。人それぞれに都合というものがあるのだから。分かったな？」

「応っ！」

元気な返事が返ってきた。

「よし。では、今日も一日、ごろごろしよう。郷にいればこんな贅沢《ぜいたく》なことはできぬぞ。見張りの当番だけはしっかりしてくれよ——。終わりだ」

命助が手を叩《たた》いて話をしめると、一揆衆はそれぞれの小屋に戻った。

権之助が怖い顔をして命助に近づく。

松之助がそれを押しのけるように命助の側に立ち、興奮した表情で、

「弁が立つではないか」

と言った。

「荷駄商いは口八丁手八丁だからな。口がうまくなければ損をする」

命助は紅潮した顔で返した。

ほかの頭人たちも集まってきて、口々に、

「見事なものだ」

「これからは一揆衆の説得はお前がすればいい」

などと命助を褒めた。

権之助はなにか文句を言いたそうであったが、頭人らの様子を見て後ろに下がった。

命助はその姿をちらりと見て、

「いやいや。おれは図体ばかりは貫禄《かんろく》があるが、喋《しゃべ》り方に重みがない。重要な場面は権之助に任せなければ」

と、言った。権之助の面目を潰《つぶ》してしまえば、風当たりが強くなると考えたから

であった。

「権之助はお前にやらせても大丈夫だと判断したんだ。たいした眼力だ」

頭人の一人が言う。

「お……、おう」

権之助はぷいっと顔を背けて自分の小屋へ歩いた。

頭人たちも、ほかの一揆衆に交じり、それぞれの小屋へ戻る。

そこに、たせが歩いてきた。

最初に会った時よりも、見違えるように表情が柔和になっていた。

「日々人数が減るから、難癖をつけてやろうと思ったが、お前の話を聞いて考えを改めた」

たせは言った。

「どう改めた？」

「人にはそれぞれ都合がある。それをお前たちは認めた。この一揆はそういうものに変わったのだと」

「そうか。それはよかった——。なにか困ったことはないか？」

「それは、女房が恋しくなった男どもが不埒《ふらち》な振る舞いをしていないかということか？」

たせはにやりと笑う。

あからさまに言われて、命助は困った顔をする。

「最初の夜に何人か夜這《よば》いに来た。寡婦《やもめ》であっても男は選ぶ。おらは股《また》ぐらを膝《ひざ》で蹴《け》り上げてやった。噂が広まったようで、以後、おらの小屋に忍んでくる者はいない」

「そうか……。それはよかった」

「少々寂しくもあるが、鬱陶《うっとう》しくないのがいい――」たせは表情を引き締める。

「お前たちの一揆に対する考えは改めたが、まだおらの一揆だとはまでは思えない。気を緩めるなよ」

たせはくるりと向きを変えると、小屋へ歩いていった。

「分かった。肝に銘じる」

命助はその後ろ姿に言った。

＊　＊

昼過ぎに、見張りの男が侍たちが近づいてくることを知らせた。命助と権之助が眺めに行くと、三人の陣笠《じんがさ》を被った侍がこちらに向かって来るのが見えた。一人は千葉《ちば》孫兵衛《まごべえ》であるが、あと二人は本郷番所の役人ではないようだった。

権之助は一揆衆を広場に集め、侍たちのための筵を敷いて、到着を待った。

丘に侍たちが姿を現すと、整然と並んだ一揆衆が一斉に平伏した。

千葉以外の侍は、一瞬気圧《けお》されたような表情を見せたが、なにも言わずに筵に座った。

「目付の佐々木吉十郎《ささききちじゅうろう》である」真ん中の侍が言った。

「頭人は誰か？」

「昨日申し上げました通り」命助が言った。

「この一揆には頭人はおりませぬ」

「ふざけるな！」

佐々木が一喝し、一揆衆は震え上がった。

「頭人がいなければ、統制のとれた動きができるものか！　命がけでここまで来たのであろう。今さら命根性を汚くしてどうする！　頭人は名乗り出よ」

「命は大切でございます」

と、権之助が言って背筋を伸ばした。

「お前が頭人か？」

佐々木は権之助に鋭い目を向ける。

「頭人はおりませぬと申し上げたはず。誰が頭人かと問われれば、皆が頭人でございます。また、命がけでここまで来たからこそ、命を大切にしとうございます」

「利いた風なことを。正直に申さなければ、鉄砲隊を引き連れて来るぞ！」

佐々木は声を荒らげ、一揆衆は小さくどよめいた。

命助は、こちらを脅して盛岡領に帰らせようという手だと読んだ。

「鉄砲隊、結構でございます。撃ちたければ存分にお撃ちくださいませ」

「おい……、命助」

権之助は小声で命助を窘《たしな》める。

しかし、命助は平然と続ける。

「ですが、我らに鉄砲を撃ちかければ大変なことになりましょう。我らから怪我人、死人が出れば、今度は仙台藩が盛岡藩に負い目を作ることになりますぞ。建前では、我らは手間取りをするために、仙台領に入ったのでございます。大切な領民を、鉄砲で撃つとは何事かと、大揉《も》めに揉めましょうな。佐々木さま、お腹を召されるご覚悟はおありでしょうか？　まぁ、佐々木さまお一人の命で贖《あがな》えることではありますまいから、あと何人の命が消えることになりますやら。お命は大切になさいませ」

「ううむ……」佐々木は命助を睨《にら》み、歯ぎしりをする。

「頭人がいなくても、村毎の代表はおろう」

佐々木が命助に言い負けたのを見た権之助は、すぐさま口を挟む。命助が主導権を握りそうになって焦った様子であった。

「おりますが、日ごとに変わります」

「それでもよい。それぞれの村の名と、ここにいる者どもの名を書き留める」

「六千三百人近うおりますゆえ、書き留めるのには時がかかりましょう。すでに用意をしております」

権之助が言うと、松之助が紙の束を佐々木の前に持って行った。

「用意がよいな……」佐々木は名簿を受け取った。

「それからもう一つ」

命助は〈乍恐奉願上候事〉と書かれた書状を懐から出して佐々木に差し出した。

そんなものを用意していると知らなかった権之助は、慌てた表情で命助を見る。

「恐れながら越訴《おっそ》をして願い上げ奉りそうろうことは、これに書き付けております」

命助の言葉に、佐々木は書状を受け取って開いた。

達筆で以下のことが記されていた。

一つ　江戸下屋敷に隠居している前の藩主利義《としとも》を国許《くにもと》に戻す事。

一つ　三閉伊《さんへい》通の百姓を、お慈悲を持って仙台領民として受け入れていただきたい事。

一つ　三閉伊通を御公儀の御領か、仙台さまの御領にしていただきたい事。

宛名は〈仙台御国守様〉差出人は〈三閉伊通惣御百姓〉であった。

＊　　＊

佐々木は眉《まゆ》をひそめた。

院政を布《し》く利済《としただ》の横暴は聞こえているが――、隠居した藩主を戻してほしいなど、百姓どもが口を出すべきことではない。また、自らの住む土地を他国の領地にしてほしいなどという願いは聞いたこともない――。

この者たちが本当に願うことは、これではない。もっと暮らしに関係する、税や御用金などのことであろう。

この訴状は盛岡藩を引っ張り出し、仙台藩の仲立ちで交渉するための手段であろう。

この一揆衆、侮れぬな——。

佐々木は書状を畳み、懐に差した。

＊　＊

「これは持ち帰る。したためられた三つの願いについては後ほど詳しい説明を求められるであろう」

「それは、いつになりましょう?」命助は訊《き》いた。

「ご覧のように、我らは小屋掛け暮らし。それに、持参した食糧も心細くなっております。無理な峠越えで具合を悪くしている者もおりますれば——」

「あい分かった。それぞれ逗留《とうりゅう》する宿を決めるによって、しばしこの野で待て」

一揆衆から安堵《あんど》の吐息が漏れた。

「それでは、なにぶんよろしくお願いいたします」

役人たちは立ち上がり、丘を下っていった。

一揆衆は役人らに聞こえないよう、お互いの肩を叩き、喜び合った。

権之助は怖い顔をしていたがなにも言わなかった。命助が勝手に書いた書状について文句を言いたかった様子であったが、事がうまく進んだのだから、ここで因縁をつければまずいと判断したようであった。

　命助はほっとした。

　今まで通りのやり方をしていれば、最大限の効果を上げることはできない。少しずつでも主導権を握っておかなければ、これからの交渉がうまく進まないと、命助は考えていた。

「さて、それでは本当の要望の細目を書いておこうか」

　野田通の百姓らに紛れていた小野が、命助や権之助に歩み寄った。

「それがよろしゅうございますな。食糧の方はなんとかなりましょうが、六千三百人の宿を決めるのは至難の業。おそらく仙台藩はこちらの数を減らす手に出てきましょう」

　命助は答えた。

「それはまずいな……」

　権之助は眉をひそめた。

　命助は首を振る。自分の言葉を否定された権之助はむっとした顔をする。

「まずくないと言うなら、理由を申せ」

「数を減らされるのはこちらにとっては些末《さまつ》なことだが、仙台藩にとっては急務だ。

まずは必死になってそれを達成しようとする。我らはそこにつけ込んで、交渉を有利に進める」

「なるほど。人を減らす代わりに、なにかを要求するわけか」

小野が言った。

「代わりになにかしてもらえるかどうかは分かりませぬ。が、こちらが必死で説得に抵抗すれば、意地を示すことにはなります。仙台藩に、盛岡藩の政《まつりごと》がいかに酷《ひど》いものであるのかということを印象づけることになり、気持ちの上で、仙台藩を我らの側に引っ張ることはできましょう――。それに、六千三百人がばらばらの宿に泊まることになれば、向こうはその宿ごとに調略しやすくなります」

「今は――」小野が言う。

「野っ原に一同が固まっているから結束も固いが、小さな集団になってそれぞれがうまい話をされれば、心が揺らぐだろうな。お前が人は少ない方がいいと言ったのはそういう読みもあったか」

その言葉を聞きながら、権之助の表情が歪《ゆが》んでいく。

存在感を一気に失ってしまえば、権之助は意固地になるだろう。ここは少し立てておかなければと、命助は権之助を持ち上げる。

「いやいや、一万六千人が長い距離を行軍し、八千五百を超える一揆衆が仙台領に越境したという驚愕《きようがく》の事実を作ったのは権之助の手柄でございますよ」

「確かにな」

小野は命助の意図を察したらしく、権之助の肩を叩く。

権之助は強張った笑顔を浮かべた。

「それで」小野が言う。

「誰を残す？」

「少なくとも、主立った頭人だけは残るようにしとうございますな。残されるのが、五人、十人では仙台藩、盛岡藩の説得の圧力に抗するのも難しゅうございますから。どうだ？　権之助」

命助は権之助に顔を向ける。

「それがいいだろう」

権之助は、硬い表情のまま肯いた。

野営の丘には、その日のうちに荷車に積んだ大量の食糧が運び込まれた。

野原に歓声が轟《とどろ》いた。

二

翌日、百十三人が減っていた。

命助は、権之助にその事実を皆に伝えるよう言おうとした。しかし、ほかの頭人が「命助が伝えろ」と勧めるので、一揆勢の前に立った。

「いいのだ、いいのだ。帰りたい時に帰れ。皆の思いは残った者たちで必ず成就させる。後ろめたさなど感じずに帰ればよい」

と、言外に恩を売りながら語った。

この大一揆が万が一失敗に終われば、次の一揆を起こさなければならない。その時に、自ら進んで一揆衆に加わる者が減っては困る。そう考えての言葉であった。

昼近く、野営の丘に佐々木吉十郎らが訪れ、話は充分に聞いてやるから、惣代《そうだい》三人を残して盛岡領へ戻れと、説得が始まった。

命助らは、昨日のうちにまとめた、盛岡藩に対する四十九箇条の要求を記した分厚い紙束を紙縒《こより》で綴《と》じたものを佐々木に渡した。そして権之助が、

「これが認められれば、すぐにでも盛岡領に戻りまする」

と応じた。

四十九箇条の要求には、百姓の要求ばかりではなく、牛馬を育てる者、漁師や浜で働く者、塩焼、船頭などの要求も記されていた。

内容は、城から派遣される侍たちの賄《まかない》の負担軽減。専売制度の廃止。税の徴収方法改善の要求。数が多すぎる役人たちの削減。弘化四年の一揆の頭人たちの放免――。と、多岐に渡った。

要求を書き留めた綴《つづ》りを受け取り、佐々木は仕方なく引き上げて行った。要求の綴りを受け取ったからには、それを検討しないうちは次の交渉ができないからである。

一揆衆は四千十五人になっていた。二千百四十八人が盛岡領に帰ったのである。ほとんどの者が、夜中に音がしないように小屋を片づけての帰郷であった。

皆を集めて事実を伝えなければならなかったが、権之助は頭人たちの隅の方に立った。ほかの頭人たちは、命助が話をするのが当たり前と言いたげに、視線を向けてきた。

命助は、一揆衆の前に立ち、

「篠倉越えは辛《つら》かったであろうが、ここでの暮らしは遊山と思え。食ってごろごろとする暮らしは、連日働きづめだった己の体へのご褒美だ。これ以上のんびりすれば体が鈍《なま》ると思った者は、遠慮なく帰っていいのだぞ」

と語った。

一揆衆は笑いながら小屋に戻って行った。

昼近くに訪れた佐々木たちは、並んだ一揆衆を見て眉をひそめた。

「だいぶ減ったようだな」

「仙台藩へのご迷惑を減らすために、昨日は百人余り、今日は二千五百人ほどを郷へ返しました。半数以下に減らしましたゆえ、この者たちは、なにとぞ仙台領への定住、あるいは手間取りをお許しくださいませ」

命助は少しの嘘を交ぜて語った。一揆衆には『仙台の侍に嘘を言ったり、無理難題をふっかけたりするが、けして笑わないように』と言い含めていた。

「お前たちの四十九箇条の要求を検討しているゆえ、裁可はまだ出ておらぬ。また、内容が盛岡藩の政に関わることゆえ、仙台藩の一存では決められぬ」

「では、間に入ってお話しくださいませ。三閉伊の乱れは、もはや盛岡藩の手に余る。仙台領とするか、御公儀の直轄地にしなければ安定することはない――。もし、仙台藩が我らを見捨てると仰せられるのであれば、御公儀へ直訴することも辞さぬ覚悟でございます」

交渉は平行線を辿《たど》り、夕刻前に話が決まらないまま、佐々木たちは帰って行った。

小屋に戻る一揆衆を見ながら命助は思案した。

この者たちは、あとどれくらい保《も》つだろう――。

「おい、命助」

権之助が乱暴に命助の肩を摑んだ。

命助は思考を断ち切られ、驚いて振り向く。

「一揆衆へ話をすることについては任せたが、仙台藩の役人たちとの交渉まで任せたつもりはないぞ」

権之助は命助を睨んだ。

近くにいた頭人たちは、困ったような顔をして二人を見ている。

「ああ……。確かにそうだな」命助は面倒くさいと思いながらも頭を搔《か》いてみせた。

「すまなかった。また余計なことをしてしまった」

「そんなことより――」

小野が割って入る。

「命助、お前なにか思案しているようだったが、なにを考えていた？」

「ええ――。一揆衆は、なかなか進まない交渉に飽き始めているのではないかと」

「権之助はどうみる？」

　小野は権之助に振った。

「確かに……」出端《でばな》を挫《くじ》かれた権之助は、ちらりと小屋の群を振り返る。

「あと十日も保ちますまい。そうなれば、我が儘《まま》も出てくるし、小競り合いも起こりましょう」

「さすが、長年頭人を続けているだけあるな」

　小野は権之助を持ち上げた。

　おそらく、小野に助けられたと思ったのであろう、権之助は苦笑を浮かべた。

　話はうまくまとまらなかったにしても、命助は仙台藩の役人たちと互角に戦った。

　その命助に対して因縁をつけては権之助の立場が悪くなる――。そう考えて小野は口を挟んだのだと命助は思った。

「待つことに飽きてしまった者たちは郷に帰してしまわなければならぬでしょうな」

　権之助は言った。

「誰を残すのか決めておいた方がいいだろうな」小野が言った。

「頭人七十数名というのはどうだ」

「仙台藩はもっと減らせと言うて来るでしょう」

命助は言う。

「最初は七十数名とふっかけて、少しずつ減らすというのは？」

権之助が言った。

それは命助も考えていたことであったが、「うむ。いい手だ」と権之助を褒めた。

「せめて三十人、四十人は残したいな」

と権之助。

「では、譲れぬ数を三十人として、話を進めよう」

命助が言うと、小野は「それでいこう」と答えた。

「では、頭人を集めて、人選をしよう」

権之助は小屋の方へ走って行った。

＊　＊

翌日九日、一揆衆の減少は前日ほどではなかったが、やはり百人余りが夜のうちに姿を消していた。

入会の山で柴《しば》を刈る許可を取りに集落へ向かっていた松之助が、不機嫌そうな顔で小屋に戻ってきた。

「どうした？」

「本郷番所に盛岡の役人が入ったという話を聞いて来た」

松之助がぼそりと言う。

「誰が来た？」

「寺社奉行の葛巻善右衛門《くずまきぜんえもん》と釜石代官堀江定之丞《ほりえさだのじよう》だ」

「一揆衆に怯《おび》えて遠野へ逃げ出したと噂された二人か」

「なんとしても汚名を返上しなければと、藩に願い出て、我らを連れ帰る役を仰せつかったそうだ。その先触れが堀江だ。不眠不休、盛岡から馬を走らせて、唐丹に着いたのだが、もう疲労困憊《こんぱい》――」

盛岡から唐丹までは、二十五里（約一〇〇キロ）を超える道程である。平坦《へいたん》な道ではなく、山道、峠道の連続の悪路を馬で駆け抜けたとなれば、その疲労は尋常なものではなかったろうと想像できた。

「それで、しでかした」

「なにを？」

「乗り打ちだ」

「乗り打ち……。役人陣屋の前を、下馬せずに駆け抜けたか」

「堀江はひた謝りに謝ったが、陣屋の同心らは居丈高に、堀江を叱りとばした。そして、引き返せと言われて釜石まで戻った。他国の者とはいえ、同心が代官を叱りとばしたのだぞ」

松之助は苦い顔をした。

「仕方がなかろうな。同心らにすれば、一揆衆を越境させてしまった張本人のようなものだ。堀江も葛巻も、罵詈《ばり》雑言を浴びせられることを覚悟で、我らの引き取りに出向いて来ているはずだ」

「つまりは、堀江が恥をかかされたのは、我らのせいというわけか……」

命助は薄笑いを浮かべた。

「なにを笑う」

松之助は口を尖《とが》らせた。

「いや、お前はいい男だと思ってな。我らの敵である盛岡藩の侍が辱められたのに腹を立てている」

「どんな奴であろうと、自国の者が他国の者に辱められたと聞けば面白くはない」

「松之助。おれは一つ学んだぞ」命助は松之助の肩を叩いた。「敵ではあっても辱められたことに腹を立てる。その気持ちをおれも持たなければならんな。そうすることによって、敵の心もこちらに惹《ひ》きつけることができるやもしれぬ」

「よく分からんが、おれは褒められたのか？」

「褒めた、褒めた。大いに褒めたぞ」

「そうか」松之助は嬉《うれ》しそうに笑った。

「命助に褒められるなど、これは相当なことだ」

「交渉の場でもその気持ちを忘れずにいてくれ」

「おう。分かった――。役人らが来る前に、おれは柴を刈って来る」

松之助は小屋を飛び出していった。

三

筵の上には寺社奉行の葛巻と、釜石代官の堀江が並び、その後ろに佐々木が控えていた。

一揆衆は凄《すさ》まじい目つきで盛岡藩の役人二人を睨みつけている。

「仙台藩に提出した四十九箇条の要求には目を通した」

葛巻が言うと、

「熟読しやがれ！」

と、乱暴な声が上がった。

「一字一句漏らさず、写しを取ったゆえ、盛岡へ持ち帰る」

「ならば、交渉はその後だ！」

別の声が怒鳴った。

「悪いようにはせぬから、盛岡領に戻ってくれぬか」

堀江が言うと嘲笑《ちょうしょう》が巻き起こった。

「その言葉に、何度騙《だま》されたと思う！」

「盛岡の侍など信用できねぇ！」

「こちらの要求をすべて飲むという念書を持って出直してきやがれ！」

「小者じゃ話にならねぇ！　もっと大物を連れてこい！」

葛巻と堀江に罵声と嘲《あざけ》りが降り注ぐ。

二人は膝の上で拳《こぶし》を握りしめて耐えていた。

「お前《め》ぇたちは、おれたちに怯えて釜石から逃げ出したそうじゃねぇか！　そんな奴らに連れ帰られちゃ、こっちの名が廃る！」

「臆病者《おくびょうもの》、卑怯者《ひきょうもの》のくせに、おれたちを甘く見るんじゃねぇぞ！」

歯を食いしばった葛巻と堀江の目に、涙が滲《にじ》んでいた。

「おっ、泣くのか？　泣くのか？　侍が、百姓に虐《いじ》められて泣くのか？　百姓はな、お前ら侍に虐められっぱなしで泣き通しなんだよ！　ほれほれ、おいおいと泣いてみなよ！」

爆笑が巻き起こる。

その声に負けない大音声が響いた。

「お前ぇらいいかげんにしろ！」

松之助が立ち上がった。

一揆衆は一斉に松之助に顔を向けて黙り込んだ。

葛巻と堀江はその隙に目の辺りを拭った。

いいぞ、松之助――。

命助は心の中で声援を送った。

「ここは侍を馬鹿にする場じゃねぇ！　下らねぇことを言って交渉の邪魔をするん

じゃねぇぞ！　虐められたから虐め返す。泣かされたから泣かし返す。そんな程度の低いことをして恥ずかしくねぇか！」

一揆衆は松之助から目を逸《そ》らして俯《うつむ》いた。

「かたじけない」

葛巻と堀江は頭を下げた。

「その方らの言うとおり――」葛巻が言った。

「要求書を持ち帰って話し合《お》うた上で、帰藩の交渉をするのが筋である。聞けば、仙台藩の迷惑にならぬようにと数を半分に減らしたとのこと。その心遣い、ありがたく思う」

それが本心かどうか――。

命助は思った。松之助には悪いが、侍らの言葉を鵜呑《うの》みにすることはできない。もしかすると、松之助に対する礼のつもりで形ばかりの言葉でお茶を濁しているのかもしれないと考えた。

「ならば」と命助が口を挟んだ。

「仙台藩の負担を減らすため、我らへの賄いは盛岡藩で出していただきたい」

「それも持ち帰って協議いたす」

「それもこれも、持ち帰って話し合いをするわけですかい」権之助が言う。

「その話し合いに、お二方は参加なさるので？」

「いや……」

葛巻の顔が曇る。

「お二方には、なにかを決定する権限がおありで？」

「それは……」

「決定権がない方が交渉の場にいらしても、無意味でございましょう。上の決定をこちらに伝えるだけでは、交渉が長引くばかり。この場には、即座に決定をできる方に来ていただかなければ話になりませぬ。今日は、我らの引き取り役の方々の顔見せということでよろしゅうございますな」

「うむ……」

「汚名を返上する好機と肩に力が入っているのでございましょうが、百姓、漁師らは、このように行儀の悪い者ばかり。それも、選《え》り抜きの猛者《もさ》ばかりでございます。お顔を出すたびに嫌な思いをなさることと思います。盛岡藩が我らの要求をすべて飲むと決したあかつきには、お二人に引き連れられて盛岡領に引き上げましょう。引き取り役は引き取りを。交渉役は交渉を。役割分担はきちんとしませんと、なにかと混乱を生じましょう」

「左様だな……」

言って葛巻が立ち上がり、堀江、佐々木も後に続いた。

盛岡藩の役人を追い返したということで、百人ほどが雄叫《おたけ》びを上げたが、松之助に睨まれてそれは尻窄《すぼ》みになった。
＊　＊

一揆衆は唐丹、花呂辺《けろべ》、小田浜の三つの村に宿が決められた。命助たちは、仙台藩、盛岡藩の切り崩しが行われる前に、人数を減らす算段をしなければならないと話し合った。

命助の、一揆衆の賄いを盛岡藩がもつようにという願いは却下された。また、それならば仙台藩がもってくれるようにという願いも村々から出されたが、それも却下され、結局一揆衆の賄いは気仙《けせん》郡の二十四の村々の出費となった。

十三日の夜に、唐丹の主だった頭人の宿に〝密偵〟が訪れた。

三閉伊の一揆衆の頭人は仙台領に越境した者ばかりではない。それに数倍する数がおり、常に連絡を取り合っていた。そんな頭人たちが、盛岡藩の様子を探り、越境した一揆衆に情報を伝えるための密偵である。

喜平治《きへいじ》という名の宮古の若者であった。

「郷に戻った一揆衆は、おとなしくしているようでございます。威張りたくとも、まだ成果が出ていないので様子を見ているようで」

喜平治は、命助と権之助、小野、松之助がいる部屋で、湯漬けをかき込みながら言った。

「男手がこっちに来ている家は、女子供と年寄りたちが黙々と野良仕事をしておりやす。手助けをしてやる者も、一揆衆とは関わりたくないと知らぬ顔をしている者もおりやす。ここのところの好天で、旱魃《かんばつ》が広がり、水争いがあちこちで起こっておりやす。物の値段もじわりじわりと上がりはじめておりやして、皆、不安げでござんす」

「打ち壊された商家の方は？」

命助が訊く。

「片づけと、金策に走り回っておりやす。侍たちは盛岡から駆けつけた役人にしこたま怒られて、意気消沈。けれど葛巻や堀江みたいに、なんとか汚名を雪《そそ》ごうとして、盛岡に駆けて、お歴々に一揆鎮圧の役目を与えてほしいと泣きついた者もいるようでござんす」

「城は？」

小野が訊いた。やはり小野も侍。城のことが気になるのだなと命助は思った。

「上を下への大騒ぎだそうで——。それが、一揆のことばかりじゃないようなんで」

「なにがあった？」

小野は眉をひそめる。

「江戸でなにか起こったらしく、早馬が来たとか。今、詳しいことを調べている最中で」

「尊皇攘夷《じょうい》の連中が騒ぎ出したか……」

小野は腕組みをした。

「捕り方は動いていないか？」

権之助が訊く。

「今のところ捕り方は動いておりやせんが、肝入《きもいり》や寺の和尚が、こっちに残っている一揆衆の家族のもとを訪れて、唐丹へ行って戻るよう説得して来いとか、文を書けとか言っているようで。まぁ、みんな塩を撒《ま》いて追い返しているようですが」

「坊主に塩を撒いたか」

権之助は笑った。

「援護の一揆を起こす準備も進めておりやすが、こっちの様子はいかがで？」

「かなり突っ込んだ要求を四十九箇条も出したから、困っているようだ」

命助が言った。

「四十九もですかい。ちょっと多すぎやしませんか？　少な目にした方が通りがいいのでは？」

「どれだけ出しても結局は半分ほどに減らされるのは目に見えている。六つ出して三つ叶《かな》えられるより、四十九出して、二十四叶えられる方が得だ。叶えられる数が二十四より少なかったとしても、三つまで減らされることはない」

「そういうもんでござんすかねぇ」

「駄目だ、駄目だばかり言っていれば、仙台藩が黙ってはいないさ。仙台藩にも仲介に立った面子《メンツ》がある。少なくともこっちが妥協できるだけの数は盛岡藩に認めさせるよう力を尽くしてくれよう。盛岡藩の方も、仙台藩の面子を立てなければならぬから、あれも駄目、これも駄目とは言えぬ」

「なるほど。仙台を間に立てるってのは、そういう利点も考えての上でござんすか」

「遠野侯は素晴らしい為政者ではあるが、南部《なんぶ》家の身内だからな。遠野に強訴しても、弘化四年の一揆の繰り返しになる。いっそ、縁のない他藩であれば遠慮なくものを言えるというもの」

「盛岡藩の百姓らを受け入れているっていう立場もありやすから、強く出られるってことでござんすね」

「にしても――」小野が言う。

「こちらも迷惑をかけているばかりでは、仙台藩のいい顔も長くは続かん。明日あたり、人数を減らす交渉をいたそうか」

小野が言った。

「左様ですね」権之助が肯く。

「一気に帰せば向こうが調子づきましょうから、小出しに帰して、土産を持たせるよう話をつけましょう」

それは命助も考えていたことだったので、大きく肯いてみせた。

「ではあっしはこれで。また知らせに参りやす」

喜平治は腰を上げた。

「江戸でなにがあったのか、早めに探ってくれ」小野が言った。

「盛岡藩に知らせがあったのならば、仙台藩にもあったはず。こちらの交渉に影響があるようなことでなければよいが――」

「分かりやした。できるだけ早く突き止めやす」

喜平治は宿を出ていった。

四

六月十四日。唐丹の宿の座敷に、葛巻善右衛門、堀江定之丞、佐々木吉十郎が座った。

対するのは命助と権之助、松之助、野田村の重吉《じゅうきち》、田代《たしろ》村の源兵衛《げんべえ》であった。盛岡藩の侍に顔を見られたくない小野は、襖《ふすま》を閉めた隣の座敷に身を潜ませて話を聞いている。『野っ原ではないから、こういうことができる』と小野は笑っていた。

浜に近い宿であるから磯臭いにおいが漂ってきた。打ち上げられた海藻が陽光に炙《あぶ》られて発するにおいである。庭の土は強く照らされて白っぽく輝いて、木々の影は小さく黒い。

「さて、今日は一揆衆の数を減らしてもらう相談に参った」と口を開いたのは佐々木であった。

「ある程度の裁量は任されておるゆえ、じっくりと話し合いたい」

「それは結構でございますな」

権之助は言った。

おそらく、昨夜喜平治が言っていた盛岡の城が大騒ぎをしているもう一つの出来事によって、決着を早めたいと考えたのだろう――。命助はそう思った。

「まずは、三百人ばかりは残しとうございます。そして、帰る者たちには米五升と、銭三百文を土産に――」

「それでは話にならぬ」佐々木は首を振った。

「まず三百人を残すというのが多すぎる。とすれば、帰すのは二千七百人近く。大雑把に計算すれば、それぞれに米五升を渡せば百三十五石。金に換算すれば百三十五両だ。また銭の方は八十一両。合わせれば二百十六両」

「仙台藩は大藩でございましょう。たかだか二百両ちょっとを出すのをけちるのはみっとものうございますぞ」

野田村の重吉が言った。

「無礼なことを申すな」口を出したのは葛巻だった。

「断りもなく押し掛けて、出ていくから銭を出せ、米を出せでは、町のごろつきと同じだと思わぬか」

「我らをごろつきに落としたのはどこの誰でぇ！」重吉が怒鳴る。

「だいいち、そっちだってなにかと口実をもうけて民百姓から金を搾り取る。それはごろつきと同じじゃねぇのかい？　自分らも俸禄借り上げで身を削っていると言うだろうが、その実、あっちこっちの金を持っている奴から融通してもらって、いい暮らしをしてる。一度、腰から刀を取って、鍬《くわ》を握ったり、網を引いたりして暮らしてみやがれ。手前《てめ》ぇたちがどんなことをしてきたかがよーく分かるぜ」

まくし立てる重吉の言葉に、葛巻は答えられずに口を閉じたままだった。

「盛岡の方々は口を出されぬように」佐々木が溜息《ためいき》をついて言った。

「これは仙台藩と一揆衆との交渉でございます。わたしは裁量を任されておりますが、お二方はそうではございますまい？」

葛巻と堀江は目を逸らした。

佐々木は重吉に顔を向ける。

「重吉とか申したな。葛巻さまの仰せられることはもっともである。こちらは押し掛けられて迷惑をかけられている側だということを忘れるな」

「ごもっともで」

重吉は頭を掻いた。

「では、百人まで減らし、米一升、銭百文といたしましょう」

田代村の源兵衛が言う。

「土産を持たせるかどうか――、土産という言い方も業腹だが、まず、それは置いておこう。先に人数だ。百人でもまだ多い。その方らの食い扶持《ぶち》も、こちらがもっていることを忘れるな」

「食い扶持は、気仙の二十四箇村に出させていると聞いております」

命助が即座に言った。

ちらりと権之助を見る。権之助は役人たちの方に顔を向けたまま、こちらを見てはいない。今日の交渉は任せてもらえそうだ、と命助は思った。

「気仙に迷惑をかけ続けてもよいのかということだ。国は違えど同じ百姓に迷惑をかけ続けているのだぞ」

佐々木も直ぐに返した。

なるほど、仙台藩が我らの食い扶持を出さないのは、そういう意味もあったか。

同じ百姓に迷惑をかけているという負い目を感じさせるため。仙台藩も狡《こす》っ辛いことを考える――。命助は顔をしかめた。

「では、各村一人ずつではいかがで？　七十余名になります」

権之助が言った。

「お前たちは知らぬであろうが、仙台藩では五十人以上集まれば徒党を組んだとみなされる。他国のものであっても同様だ」

「ならば、四十五人。これより減らすことはできませぬ。それから、帰る者たちに米一升と百文の銭を土産に持たせていただきたい」

命助が言うと、佐々木はしばらく命助を見つめて黙り込んでいたが、

「よかろう」

と肯いた。

「それからもう一つ。他国に長く逗留していれば、家の仕事も溜まります。四十五人が時々入れ替わることをお許しくださいませ」

「よかろう。ただし、篠倉を越えるのではなく、本郷番所を抜けて仙台領へ入れ。出入りの都度、人相と数を検《あらた》める」

佐々木の言葉に命助は肯き、盛岡藩の役人二人に顔を向けた。

「葛巻さま、堀江さま。お聞きの通りでございます。本郷番所を通れとのお達しでございますから、当然、一揆衆は平田《へいた》番所も通ります。間違っても捕らえぬよう、気をつけていただきとうございます。番人によく申し伝えくださいませ。平田番所を通る一揆衆にもしものことがあれば、仙台藩のご厚意を踏みにじることになりましょう。仙台藩の皆さまは、まだ天保八年の相去《あいさり》、六原での事をお忘れではございませんので」

命助は天保八年云々《うんぬん》を強調して言った。

「分かった……」

葛巻が言った。

「それでは、明日から何回かに分けて帰しますゆえ、米と銭の用意をよろしくお願いいたします。我らも帰す者たちを選びますゆえ」

命助たちは頭を下げた。佐々木らは肯いて宿を出ていった。

命助たちは頭人を海岸に呼び集め、手筈《てはず》を打ち合わせた。すでに帰る者、残る者には話をしていたので、あとは帰る順番を告げるだけでよかった。頭人たちは名簿を持って、三つの村の宿を回った。

盛岡城に平田番所からの早馬が駆け込んだ。仙台藩と一揆衆との交渉で、一揆衆は四十五人を残し、それぞれ郷に帰ることになったという知らせである。

＊　＊

時を同じくして仙台から、一揆衆引き渡しに対する返書が届いた。

盛岡藩への引き渡しのために一揆衆と交渉するというものであったが、天保八年の一揆衆越境の件で、盛岡が仙台との約束を破ったことについての手厳しい指摘が前段にあった。

そして、過去の出来事から盛岡藩の対応は信用できないので、一揆衆の望みが必ず叶えられるということが確かめられるまで、一部の一揆衆を留め置くと記されていた。

万が一のことがあれば、一揆衆を証人として公儀に訴えるというのが、仙台藩の考えであろうと盛岡藩は判断した。

一揆衆は、三閉伊を仙台領にしてほしいという訴えもしている。それまで公儀につまびらかになれば、頻繁に一揆を起こさせている盛岡藩よりも、仙台藩に任せた方がよいという判断も下されかねない――。

盛岡藩は、『そのようにお願いいたします』としか返事のしようがなかった。

仙台藩は、隣藩の一揆などにかまけている暇はないと考えていた。

それほどの一大事が起こっていたのである。

鉄の資源が膨大な三閉伊を手に入れられることは美味《おい》しいが、まずは速やかに一揆を終結させることを第一と考えることとした。

だから、盛岡藩の謝罪を受け入れ、幕府への正式な報告はせずに、まずは一揆衆を減らしてこの先の交渉を進めることを選択したのであった。

＊　　＊

夜。喜平治が慌てた様子で命助らの宿に飛び込んできた。

宿の頭人ら十人ほどが座敷に集まると、喜平治は暗い行灯《あんどん》の明かりの中、強張った顔で語った。

「盛岡や仙台が慌てている原因が分かりやした。相州（相模国《さがみのくに》）浦賀《うらが》に異国船渡来——」

六月三日のペリー来航である。

弘化三年（一八四六）に同じアメリカのビッドルの軍艦が浦賀に現れ、通商を求めて来た時は拒否して追い返したが——。

ペリーは、空砲を撃ちつつ四隻の軍艦で羽田《はねだ》の沖まで侵入した。強力な大筒を有する軍艦四隻が浦賀沖に来た。

江戸湾の出入り口で一番海の狭まる場所をペリーは押さえたのであった。

脅しに屈し国交を認めるか——。

それとも、断固拒否してアメリカとの戦を起こすか——。

これは、日本の一大事であった。

異国船渡来と聞いて頭人たちは一斉に「なにっ？」と声を上げた。

命助は腹の底が冷たくなるのを感じた。

そんな大事が起こったとすれば、一揆への対応がおざなりになってしまう。今までやってきたことが水の泡になりかねない——。

なんとしてもそれは避けたい。しかし、異国船の渡来と百姓一揆、侍たちにとっての一大事はどちらであるのかは一目瞭然《りょうぜん》。

どうすればいい——？

命助は必死で考えを巡らせる。

「どこの船だ？　オロシャか？」

田野畑村の頭人、多助《たすけ》が訊いた。

「いえ。メリケン（アメリカ）って国だそうで」

喜平治の言葉に半数が「聞いたことがねぇ」と呟《つぶや》いた。

「オロシャは北の国だが、メリケンは海の彼方《かなた》の国だ」

命助は、一旦《いったん》考えを止めて、開け放たれた障子の向こうを指差した。

メリケンを知らない者たちは、夏の闇に顔を向けた。波の音が聞こえている。

北には蝦夷地があり、その北にも島々が続いているからその先に大きな国があるということは思い描くことはできた。しかし、いつも目にしている見晴るかす大洋の向こうに国があるということは想像しがたかった。

「通り過ぎたってことじゃないんだな？」

権之助が訊く。

「交易やらなにやら、交渉をもちかけたようで。大筒を何門も備えた、見たこともねぇような船だそうで。それが大筒をぶっ放したもんだから、江戸は庶民も大騒ぎ。逃げ出す者も出ているとか」

「なるほど」小野が肯いた。

「その対応で公儀は大わらわというわけだ。それで諸藩に対応の要請をしたか」

「相州はずいぶん遠いですぜ」松之助が言う。

「盛岡や仙台にまで兵を出すように言って来たんですかい？」

それを聞いて、命助は小さな光明を見た気がした。

「いや」と命助が首を振る。

「それはまだ早かろう。おそらく、どのように対応すべきかの意見を求めたのだ」

「とすると、こちらの対応がおざなりにされるな」

小野は腕組みをして、命助が考えていたことを口にした。

違う——。と、命助は思った。頭の中に渦巻いていたものが形を成した。

「おざなりにさせるからこそ、勝機がございます」

命助はにやりとした。

「どういう意味だ？」

権之助が言い、一同は命助の顔を見た。

「向こうは、さっさと一揆を収束させたいと考える。だが、こちらはのんびり構えていてもなにも不都合はない。のらりくらりと解決を引き延ばして、交渉を有利に運べる」

「向こうが焦《じ》れて腹を立て、乱暴なことをしたらどうする？」

松之助が言った。

「盛岡藩の民百姓が仙台藩に越訴した。それを両藩がよってたかって殺したとなれば、御公儀も黙ってはいない。両藩はこの件をなんとしても丸く収めたい。これからの戦いは、こちらが出した四十九箇条の要求をどれだけ認めさせるかだ。解決を早めたい両藩は、妥協の線がぐっと下がる。多少の無理は聞くようになる」

命助は語りながら、次の手を組み立てていった。そして、ぽんと手を打つ。

「そうだ――。葛巻や堀江よりも頼りになる交渉役を求めてみよう」

「誰を？」

小野が訊いた。

「遠野侯と加判役の楢山五左衛門《ならやまござえもん》さま」

「うむ」

と小野は肯いた。頭人たちも互いに顔を見合わせて「そのお二人ならば、頼りになる」と肯き合った。

「遠野侯は言わずもがな、楢山さまも負けず劣らず知行地での評判は高い。百姓らの言葉をよくお聞きになり、暮らしも倹約につとめて質素なものだそうだ」

権之助が言う。

「知行地の年貢徴収人の横暴を耳にして処分したという話も聞いた」

頭人の一人が言った。

「酒も清酒を買うのではなく、お宅で濁り酒を造って御座《おわ》すという。我らと同じだ」

と別の頭人が笑った。

「頃合いを見計らって、お二人を交渉人に求めよう」

命助が言い、「そのようにしよう」と頭人たちの意見がまとまった。

五

翌朝、一番組数百人の一揆衆が本郷番所を通り、盛岡領に戻った。

番所の前には仙台藩の役人と、葛巻善右衛門、堀江定之丞のほか、与力同心が並んでいた。

頭人たちは、国に帰る者たちに、礼儀正しく番所を通れと言い含めていた――。

多くの一揆衆は整然と平田番所に向かって歩を進めたが、一部の者たちは仙台の役人たちにだけ慇懃《いんぎん》に頭を下げ、盛岡の役人たちには尻を出してからかったり、足を踏み鳴らして脅したりして仲間に窘められていた。

盛岡の役人たちは顔を俯かせてじっと我慢をしていた。

「命助――」隣に立っていた小野が言った。

「あれが庶民の姿だということを忘れるな」

「自分の立場が上と思えば、下の者を虐める――。そういうことならば、侍も同じでございましょう」

命助が返すと、小野は笑った。

「左様だのう。ならば、あれが人の姿だと言い換えようか」

「人の姿ならば、盛岡藩の役人たちもそうでございましょうな。己に非があると思えば、どんなに罵倒されようとも耐える。今までやってきたことを思えば、自業自得とも言えますが、あの姿だけは天晴《あっぱ》れでございます」

「仙台の役人たちからは、ずいぶん嫌味を言われたそうですぜ」松之助が言った。

「いつまでこれが続くのかと泣く者もいたとか。仙台の役人の中にも慰めてくれる奴はいたようでございますが――。一揆衆にしても、盛岡の調べも仙台の調べも分け隔てなく答えよと言われていたにもかかわらず、盛岡の役人には口もきかない奴がいたとか」

「気の毒なことだ」小野は溜息をついた。

「城の方は、ちゃんとした調べも行わず、指揮の筋道も調えないままに、代官所にほぼ丸投げで一揆鎮圧を命じた——。政の犠牲者は民百姓ばかりではないということだな」

「充分に言い含めておいたのにあの様子だと、もう一つ心配なことがございます」

命助は言った。

「そうだな。だが、自業自得と諦めてもらうほかはあるまい」

と小野が返した。

その時、見送りの中から罵声が上がった。

「なにしてやがるんだい！」

たせの声であった。

帰国の行列がぴたりと止まり、視線がたせに集まった。

「盛岡藩の侍は今は弱い立場だ！　弱い立場の者を蔑《さげす》んだり、いたぶったりするのは、侍と同じじゃないか！」

「だけどよぉ、今までおれたちは、こいつら侍にそういう扱いを受けて来たんだ！」

行列の中から声が上がった。

「やられたからやり返すじゃあ、町のごろつきと同じだ！　何回も同じこと言われてるだろうが。尊い目的のために立った一揆衆なら、礼節を守って郷へ帰りな！　できないって言うんなら、もう一度股ぐらを蹴り上げるよ！」

その言葉で命助は、なるほどあの男が夜這いを仕掛けた一人かと思い、思わず笑みがこぼれた。

男がこそこそと人の中に隠れ、行列は静かに歩き出す。もう、盛岡藩の役人らを威嚇する者はいなかった。

しかし――。行儀がよかったのは、本郷番所の前を通り過ぎ、盛岡領の平田番所が見えてくるまでであった。

＊　＊

平田番所の給人、猪又市兵衛《いのまたいちべえ》は裏山に隠れて己の家を眺めていた。側には妻子と奉公人たちが息をひそめている。

平田番所を抜けた一揆衆のうち数十人が、雄叫びを上げながら街道を駆け抜けて行った。

仕返しをされずに済んだと吐息をついたのも束の間、雄叫びが引き返してきた。

掛矢や鍬、鋤《すき》、棍棒《こんぼう》などを持った一揆衆が街道から市兵衛の屋敷に駆け寄せる。

そして、土足のまま上がり込んだ。

家の中から激しい破壊の音が聞こえ始めた。

「市兵衛はどこだ！」

「隠れておらずに出てこい！」

怒声も響き渡る。

家財道具を庭に持ち出して粉々に打ち壊す者もいた。

柱を掛矢で叩いているらしく、屋根が揺れた。

女たちが啜《すす》り泣きを始めた。そばにいる男たちがその背をさすって小声で慰める。

「ちくしょう！　ろくな物が残ってねぇぞ！」

「火をつけちまうか？」

「やめろやめろ、そいつはまずい。頭人らにとっちめられるぞ！」

「裏山に金目のものと一緒に隠れているかもしれねぇぞ！」

その声を聞いて、市兵衛たちは震え上がり首を縮めた。

逃げるか。隠れ続けるか——。

物音をさせれば、すぐにここまで駆け上って来るだろう。そうなれば命はないかもしれない——。

市兵衛たちはきつく目を閉じて震えた。

「山に登って金目のものがなければ無駄骨だ。さっさと帰ろう。道程は遠いし、米一升と銭百文しかねぇんだ」

「それもそうだ。おーい。帰るぞ！」

その声と共に恐ろしい破壊の音は止んだ。

足音が遠ざかっていく。

市兵衛たちは、長い吐息を吐くとその場にうずくまった。一刻《いっとき》ほど間を置いて下に下りると、家は柱と屋根ばかりしか残っておらず、家の内外には崩された土壁、板壁、襖や障子、家財道具の残骸《ざんがい》が積み重なっていた。

＊　＊

猪又市兵衛宅が打ち壊された話は、それを知らせに慌てて引き返してきた一番組の者数人によって命助らに伝えられた。『もう一つ心配なことがございます』と言ったのはそのことであった。

打ち壊しに加担した者をどうするかと問われ、権之助は「捨て置くように」と答えた。

篠倉越えの苦労を思えば、あの道を進むように仕向けた市兵衛に対する恨みを晴らしたいという気持ちは命助にも分かったから異論は差し挟まなかった。市兵衛の命が奪われなかったことでよしとしよう――。それが頭人たちの考えであった。

二千九百五十二人の一揆衆は三回に分けて盛岡領に引き上げた。たせは飯炊きとして残った。

その際に、引き上げ組は残留の惣代四十五人に契約証を残した。万が一、四十五人が処罰されるようなことがあれば三閉伊の村々は、一年に十両ずつを、向こう十年間遺族に支払うというものである。飯炊きのたせはその中に含まれなかった。『おらは惣代ではないし、まだこの一揆を自分の一揆だとは思えない』と、たせがそう望んだのである。

松之助は三番組と共に、一旦栗林に帰ることとなったが、先に佐々木と交わした約束の、惣代の交代で戻ってくる手筈になっていた。

「契約証の件、うまく行ったな」

六月十八日の朝。出発の間際に松之助は命助に耳打ちした。

「お前が一揆衆に優しく当たったから、帰る者たちも残る者たちのことを慮《おもんぱか》った」

「いや、松之助。契約証の件は、頭人たちの頑張りを、一揆衆もちゃんと見ていた成果だ」

「いやいや。お前が、脱落者が出るたびに優しく語りかけなければ、先に帰れると己のことを喜ぶ者ばかりであったろうよ」

「違うな。我らの交渉はまだ終わっていない。本気で仙台に移り住みたいと思っていた者たちはがっかりして帰って行った」

「しかし大半は、『命助らがうまくやってくれれば、盛岡藩はもっと住みやすくなる。そうなれば、見知らぬ土地に移らず、先祖伝来の土地で暮らせる』と言うて帰って行ったぞ」

「うむ。住みやすい土地になるよう、もうひと頑張りだ」

「お前の人たらしの技、おれも学びたいものだ」

松之助は笑いながら帰郷する者たちの列に加わった。

六

唐丹に残された惣代四十五人と、盛岡藩、仙台藩の交渉は、三番組が帰った十八日の午後から続いたが、命助たちは、

「ともかく、四十九箇条の要求を盛岡藩が飲まなければ我らは動かない。それどころか、また一万六千、いや今度は二万、三万の一揆衆が、仙台領への移住を求めて押し寄せる。もちろん、篠倉越えなどはしない。平田番所を押し破り、もっとも短い道程でな」

と答えるばかりであった。

唐丹で不毛な交渉が続いていた頃。

盛岡藩から放たれた密偵たちが、三閉伊に散って村人たちを脅して回っていた。

「大披鉄山《おおひらきてつざん》の打ち壊しは、どこの誰とも分からぬ無頼の悪漢が、百姓たちを脅して徒党を組みやったことだ。仙台の密偵が闊歩《かっぽ》しているゆえ、一揆は無かったことにせよ。特に見知らぬ者に訊《たず》ねられたならば、知らぬ存ぜぬで通せ。下らぬことを言う奴は捕らえて牢《ろう》に繋《つな》ぐ」

そして、かなりの数の百姓、漁師が代官所に連れて行かれた。その中には唐丹から戻った一揆衆、惣代として残された者たちの家族も交じっていた。

また、盛岡藩は、三番組が帰国すると、すぐさま租税取立役人を各地に派遣し、

税の取り立てを再開させたのであった。遠野侯南部弥六郎《やろくろう》や加判役楢山五左衛門らが、『一揆はまだ続いていて、今税の取り立てを始めては、村に一揆衆がまた動き出す』と反対したが、にべもなく却下されたのであった。

七月一日。一揆衆が押し寄せて来るという噂のために取立手代が逃げ出したままになっていた〈遠野御用所〉と呼ばれる役銭取立所が再建された。

そして七月二日。一揆衆が絶望する出来事が起こった。

遠野侯南部弥六郎、楢山五左衛門ら七名が、盛岡城の大奥御座之間に押し掛けて、院政を行う元藩主利済に直諫《ちょっかん》した。

内容は、税の取り立ての再開と、三閉伊の者たちの捕縛について。そして、仙台から届いた一揆衆に関する抗議文についてであった。

その結果、弥六郎らは、利済の側衆に捕らえられ、謹慎を命じられた。

盛岡藩側の交渉人として期待していた南部弥六郎と、楢山五左衛門が謹慎処分を受けた——。

その知らせは、数日後の早朝、先の二つの出来事と同時に、喜平治によってもたらされた。

「捕らえられた者の中には、頭人たちの家族も大勢いるようで。今、名前を調べている最中でございます」

喜平治は悔しそうな顔で言った。

命助たちは顔を強張らせてその報告を訊いた。惣代の入れ替わりで戻っていた松之助も座敷に座っていた。

「なんということだ！」

田野畑の頭人、多助が畳を拳で叩いた。

「仙台領に残るのは四十五人ばかりとたかをくくり、好き勝手を始めたってことか」権之助は強く舌打ちした。

「無理やりにでも、三千人残しておくべきだったか……」

命助は、また怒りの矛先が人数を減らすことを主張したこちらに向かってくるかと思った。しかし権之助は、

「皆の合議で決めたこと。今さら言うても仕方がないか」

と溜息をついた。

「藩の理不尽に対して、野田や三戸《さんのへ》、内陸の黒沢尻《くろさわじり》の辺りで、小さい一揆が起こっておりやす」

喜平治が言う。

「ならばいっそのこと」田野畑の多助がぎらりと目を光らせた。

「また大一揆を起こせばいい」

「多助――」

命助は窘めようとしたが、多助はそれを遮る。

「命助よ。遠野侯や楢山さまが謹慎となれば、もはや盛岡藩に、ものの分かる者はいない。ならば、痛い目に遭わせて、ものが分かるようにしてやるしかないではないか」

「だが……」

命助がそう言った時、

「邪魔をする」

と言って突然、仙台藩の目付佐々木吉十郎が入って来た。葛巻と堀江の姿はない。

怪訝《けげん》な顔で自分を見る命助らに、

「内々の話があってな」

と言って、佐々木は座った。

喜平治は「あっしはこれで」と言ってそそくさと座敷を出る。

「お主らの密偵か」

佐々木は喜平治を目で追いながら言った。

「いえ。ただの使い走りで――」権之助が言った。

「それで、内々の話とはなんでございましょう？」

「あの男が知らせて来たと思うが、盛岡藩では税の取り立てを再開した。お前たちも仙台藩も虚仮《こけ》にされたということだ。これで、盛岡藩のやり口はよく分かった。隣藩の情けと思い、内々にことをすませていたが、もはや呆《あき》れて物も言えぬ。まさに、お前たちが申すように、三閉伊は仙台藩が治めた方が、世は安定すると考えた」

仙台藩は五月二十四日の一揆勃発《ぼっぱつ》をいち早く察知し、数日後には大量の密偵を盛岡藩に放っていた。その活動はこの後八月の初め頃まで続き、盛岡城下から遠野、三閉伊の各地から情報を仙台に送り続けた。

その結果、三閉伊の者たちが上有住《かみありす》に移住する計画を密《ひそ》かに進めていたことを摑んだ。

もし、一揆衆を仙台領に住ませることを認めれば、二万人に近い三閉伊の者たちが流れ込んでくることになる。おそらく、その後も流入は続き、仙台領民の生活を圧迫することにもなるだろう。

それよりは、三閉伊の土地を仙台領とした方が、三閉伊の民、仙台藩両方にとって得がある。

仙台藩は、公儀を納得させる理由があれば、それは実現可能なことであろうと考えたのだった――。

一方、惣代らは仙台が自分たちの話に乗ってきたことで、ほっとしていた。当初考えていた上有住への移住は、人数が増えすぎたことで諦めていたから、三閉伊を仙台領にしてもらえればそれに越したことはない。命助の案を聞いた時には驚いたが、今はその気になっていた。

だが、命助は少々慌てていた。

仙台藩は一日も早く、一揆衆に帰ってほしい。そのためには盛岡藩が一揆衆の願いを聞き入れる必要がある。その説得のために『一揆衆は三閉伊を仙台領にしてほしいと願い出ている。盛岡藩の態度が変わらないのであれば、仙台藩は真剣にその申し入れを検討する』と、盛岡藩を脅す材料になると考えていたのだった。

仙台藩が本気でこの話に乗ってくるとは思っていなかったのである。

「どなたが考えたのでございます？」

命助は訊いた。

佐々木はにやりと笑った。

「わたしがそう考えたところで、お前たちに利はあるまい。わたしよりもずっと上の方のお方だ」

「それで、ずっと上の方は、なんと仰せられました？」

「いま一度、一万、二万の一揆衆が越境すれば、お前たちの望みを叶えられる」

座敷の頭人らはざわめいた。

「つまり、三閉伊は仙台領になると？」

権之助が訊いた。

「そういうことだ」

佐々木は肯いた。

それは仙台藩の利益を考えてのことか。それとも我らの利益を考えてのことか――。

命助はそう問いただしたかったが、佐々木の答えは決まっていると思い、口には出さなかった。

「分かりました」言ったのは田野畑の多助であった。

「すぐに人を走らせ、一揆衆を集めましょう」

「多助。それはいかん」

と命助は言ったが、そのほかの頭人らは、「そのようにいたそう」と答えた。

「なぜいかん！」

権之助は怒鳴って、命助の前に駆け寄り、その襟を摑んだ。

「やっぱりお前は藩の間者《かんじゃ》か！」

「違う！　そんなことはないということは、ここまでの道中で分かったはずだ！」

命助もいきり立って権之助の襟を摑んだ。

「おい、やめろ！」

松之助が二人の間に割って入る。ほかの頭人たちも命助と権之助を引き離そうとする。

佐々木は黙ってその様子を眺めていた。

「元はといえばお前が言い出したことであろうが。それを、仙台側がその気になった途端、邪魔しようとする！」権之助は何人かの頭人に背後からしがみつかれながら、唾《つば》を飛ばして叫ぶ。

「お前は、荷駄商売でのほほんと暮らしていたから、百姓らの苦しみを知らん！」

「のほほんとなど暮らしてはいない！　苦しい生活は同じだ！　爪に火を灯《とも》すようにして貧困に耐えてきたのだ！」命助は荒い息をしながら返す。

「お前、ちゃんと後先を考えて三閉伊を仙台領にしてほしいと言っているのか？」

「今までのことを考えてみよ！　盛岡藩からは何度も煮え湯を飲まされて来た！」

「お前には、盛岡や花巻《はなまき》、紫波《しわ》に係累はいないのか？」

「いるがどうした？」

「三閉伊が仙台領に組み入れられれば、それも、民百姓が望んで身売りをしたと知れば、今まで同じ領内で苦しみに耐えてきた内陸の者たちは、どういう目でおれたちを見ると思う？」

「うむ……」

権之助は唸《うな》る。

「三閉伊の者たちばかり狡《ずる》い、裏切り者だと呼ぶ者もいよう。他領となるのだから、今までのように商売もできぬ。内陸の者は他領から高い海産物や塩を買うことになる。交易ができたとしても、我らからは品物を買わず、こちらも米を買うことができぬ」

「仙台領になったのだから、水沢《みずさわ》、胆沢《いさわ》の米を食えばよい」佐々木が口を挟んだ。

「そもそも、仙台領にしてほしいと言うたのはお前たちではないか。なぜ今さら意見が割れる？　三閉伊を仙台領にしてほしいと言うたは、我が藩を巻き込むための餌であったのか？」

命助の目論見《もくろみ》はその通りであったが、正直に肯くわけにはいかない。

自分の返答に少し間が空いたので、命助は焦った。

権之助が、自分を押さえる頭人たちの手を振りほどき、命助の前に駆け寄った。

「お前、調子に乗ってるんじゃねぇぞ！　新参者のくせに余計な口を出して、おれたちの一揆を駄目にするつもりか！」

権之助の拳が命助の顔を打った。

顎《あご》と首に強い衝撃があり、頭がくらっとした。

殴られたところがじんと痺《しび》れ、次いで重苦しい痛みが脈打ち始めた。

咄嗟《とっさ》のことで恐怖よりも驚きの方が強く、命助は目を見開いて権之助を見た。

権之助は顔を真っ赤にして歯を食いしばり、もう一度拳を振り上げた。

逃げようにも頭人らに押さえつけられていて動きがとれない。

「やめろ！　権之助！」

松之助が権之助を止めようとしたが、ほかの頭人らに羽交い締めにされた。

命助は次の一撃に備え、きつく目をつぶった。

口の中に鉄の味が広がった。

「一揆は餌であったのか？」

佐々木がもう一度訊いた。

「そのようなことはございません」

権之助がはっとしたように慌てて佐々木を振り返り、拳を下ろして言う。

「ぜひとも、仙台領にしていただきとうございます！」

「いや！」命助は激しく首を振った。

「盛岡藩が政を改めればすむ話なのだ。内陸の者と、三閉伊の者が仲違《なかたが》いする原因を作ってはならぬ！」

「我らが越訴をしても、平然と税の徴収を再開するような藩が、政を改めると思うか！」

多助が叫んだ。

命助は抗弁できずに口をわななかせる。

「大一揆はいつ頃起こせる？」

落ち着いた声音で佐々木が訊く。

「今月の後半には」

多助が答えた。

その時、慌ただしい足音が聞こえ、

「なにを騒いでおる！」

と、葛巻と堀江が座敷に入って来て、すでに佐々木が座っているのに驚く。

「あっ、これは、佐々木さま。お早いお着きを知らず、失礼いたしました」

葛巻が言い、二人は座って一礼した。

「なに。世間話をしに来ただけでございます」

佐々木は答えた。

「今の騒ぎは何事だ？」

という堀江の問いには答えず、多助が眉間《みけん》に深い皺《しわ》を刻み、二人を睨みつけた。

「葛巻さま。堀江さま。盛岡藩は我らを虚仮にしましたな」

「それは……。税の徴収を始めたことか？」葛巻は顔を青ざめさせる。

「それについては我らも知らぬことで……」

「あんたたちが知っていようと、知るまいと、関係ない。税については一揆終結の条件に入れていたにもかかわらず、また徴収を始めたということが問題なのだ」多助はどんと畳を叩いてまくし立てた。

「それに加え、密偵を走らせて、一揆の隠蔽《いんぺい》を謀《たばか》り、一揆の話をする者らを手当たりしだいに捕らえているとのこと。これらは仙台藩との約束を破ったことにもなる。これでは天保八年と同じではないか。弘化四年の一揆でも、遠野侯との約束を破った。先々代の藩主利済さまは、善政を布いてくださると期待された先代藩主利義さまを無理やり隠居させ、利済さまの言うなりになる利剛さまを藩主に据えた。そして、利済さまのお側衆が好き勝手な政を行っている――。さらに、百姓のことを心から心配してくださる、遠野侯と、楢山五左衛門さまを謹慎させた。もう、盛岡藩に善政は期待できぬ！」

葛巻と堀江は表情を強張らせたまま、黙って聞いていた。

「ということで――」多助は落ち着いた口調に戻し、二人の顔を見る。

「盛岡藩との交渉はこれにて終わりでございます。あとは盛岡藩に引き上げた者たちをもう一度こちらに戻して、仙台の領民として暮らせるよう、仙台藩と交渉をいたします」

「それは困る……」

葛巻は言った。

「困るとは、ずいぶん前からのこちらの言い分」権之助が言った。

「そちらも本気で困れば、我らの気持ちもお分かりになりましょう」

葛巻と堀江は、目を逸らして歯がみをした。

「城でよくお話し合いをなされて――」命助は、仲間たちに押さえつけられながら、懇願するように二人に言った。「ただちに税の徴収をおやめくださいませ。そして、あらためて交渉の席につかれるよう、お願い申し上げます」

「心を入れ替えたならば――」今まで黙っていた松之助が口を挟んだ。「小○の幟《のぼり》を掲げて、交渉においでなさいませ」

松之助はまだ、自分の味方をしてくれていると、命助はほっとした。

余計な口を挟むなと言いたげに、多助が松之助を睨み、次いで葛巻と堀江に顔を向けた。

「おいでになっても、盛岡藩との交渉をするつもりは御座いませぬ。さぁ、お引き取りを」

葛巻と堀江は途方に暮れた顔をして動かない。佐々木は無表情に座り続けている。

「それでは、我らが失礼いたしましょう」

言って多助は立ち上がり、座敷を出ていった。頭人たちは次々に続く。

命助は三人に一礼し、最後に座敷を出た。

「佐々木どの。連中になにをお話しになったのでござる？」

座敷から葛巻の声が聞こえた。

「ただの世間話でございます。交渉の相手がいなくなりましたゆえ、わたしも一旦帰りまする」

命助の後ろから佐々木が歩いてくる足音が聞こえた。頭人たちは脇に除《よ》け、座って佐々木が通り過ぎるのを待った。

「よろしく頼むぞ」

佐々木はそう言って歩み去った。

＊　＊

命助たちは、ほかの頭人たちの宿に移った。

権之助が命助を殴りつけたことで、合議の場の空気はぎくしゃくしていた。

四十三人が命助の案を否定し、新参者の考えの浅さを口角泡を飛ばしてまくし立てる。

松之助は黙り込んでいた。隣の座敷で様子を窺《うかが》っていた小野は先ほどの騒動を知っているはずなのに、座敷の隅で腕組みをし、目をつむっている。

命助は腫《は》れ始めた左頰に違和感を覚えながら、言葉を尽くして三閉伊を仙台領にすることの危険性を説いた。

そして、もう一度大一揆を起こせば、必ず人死にが出るということを力説した。

再び大人数を越境させることはできない。盛岡藩は鉄砲、大筒を使ってでも一揆勢を阻止するだろう——。

しかし、人死にが出れば盛岡藩はただではすまないと、はなから犠牲者が出ることを覚悟してしまった四十三人には通用しなかった。

半刻《はんとき》ほど平行線が続いた後、

「いま一度《ひとたび》の大一揆に賛成するか。それともここを去るかだ」

権之助は勝ち誇ったように言う。

「命助を失うのはまずい」松之助は口を開いた。

「これからの交渉には命助の知恵が必要だ」

「三閉伊を仙台領にするための交渉に入るのだ」多助が言う。

「もはや、小細工のための知恵はいらぬ」

「だが、ここまでの間に、命助は一揆衆の心を摑んだ。命助がここを出ていくとなれば、追従する者が多数出るぞ」

「うむ……」

頭人たちは顔を見合わせた。

「おれは、ここに残る」

命助は言った。

「では、大一揆に賛成するか？」

権之助が問いつめるように言う。

「する――。だが、一つだけ頼みたい。盛岡藩が本気で政を改めようという気持ちが見えたならば、交渉を続けるという道だけは残してくれまいか。お前たちだって、いや、今までの一揆の頭人たちだって、盛岡藩が変わってくれることを期待し続けて来たのであろうが。だからこそ、藩内で事が収まるよう、騙されても騙されても、盛岡藩の返事を信じた。違うか？」

殺気を孕《はら》んで命助を見つめていた頭人たちの眼光がふっと緩んだ。

「堪忍袋の緒が切れたのだ」

権之助がむすっと答えた。

「なら、それを結んでくれ。もう一度、大一揆が起これば盛岡藩は仙台藩からも見放され、御公儀の裁きを受けることになろう。今やるも、様子を見てからやるも同じ。盛岡藩はすでに死に体《たい》なのだ――。だが、最後の最後まで望みは捨てたくない。お前たちとて、盛岡藩の政が改められるのであれば、それに越したことはなかろう？　今まで通りの日々が、幸せのうちに続けられる。それが一番ではないのか？」

「政を司《つかさど》る者たちは嘘つきだ」多助が言う。

「それは未来永劫《えいごう》変わることはない。今まで、嫌と言うほど思い知らされてきたではないか」

「命助」権之助が言った。

「お前、なぜそれほどまでに盛岡藩を庇《かば》う？」

問われて命助は返答に困った。

胸の奥から突き上げてくる『盛岡藩をこのまま潰してはならない』という思いの根源が、命助自身にもよく分からなかったからである。

「それは――」浮かび上がってきた感情を、命助はそのまま口にした。

「生国《しょうごく》だからだと思う。親に対する情、友に対する情と同じように、生国に対する情というものがある。松之助が盛岡の役人を虐める仙台の役人に腹を立てたのもその情からであろう。親や友が道を踏み外していたなら、なんとか正しい道を歩むよう手助けをするではないか。己の力ではどうしようもなければ、諦めなければならぬこともあるが、ともかく考えられる手は尽くす。違うか？」

命助は一同を見回した。

頭人らはなにも言わない。しかし、先ほどまでの険しい気配はその体から消えていた。

命助は続けた。

「盛岡藩にとって、これほどの大一揆を起こされたのは初めてだ。だから、もう一度だけ機会をやろうではないか。これで目が覚めぬのであれば、もう仕方がない。だが、目を覚ますかどうか見定めるのが、叩き起こした側の責任であろう」

「目を覚まさなければなんとする？」

権之助が腕組みをして訊く。

「その時は致し方ない。大一揆を起こして盛岡藩を潰すしかなかろう」

「よし」

権之助は肯いた。

「おい、権之助――」

多助が口を挟もうとするのを、権之助は手で制した。

「盛岡藩が、我らの満足する動きを見せなければ、藩を潰すということでいいのだな？」

「それでよい」

命助はゆっくりと肯いた。

「税を再開させたことに対する我らの抗議は知らせておかなければならん。一揆勢は動かす。もし、藩が本腰を入れて交渉に当たる様子を見せたならば、動きを止める」

権之助は一同を見回しながら言った。

多助は少し不満げな顔であったが、ほかの頭人と共に肯いた。

命助は、一揆勢を動かすのも、盛岡藩の出方を見てから主張したかったが、それを言えば交渉再開の望みもなくなると考え、黙って賛同の意を示した。

一揆の指令書が〈唐丹村四十五人〉の名でしたためられ、夜陰に乗じて三閉伊の村々に伝令が走った。

＊　＊

数日後、喜平治が捕らえられた一揆衆や惣代の家族の名前を伝えてきた。命助の家族はその中に入っていなかったからほっとしたのだが、家族、仲間を捕らえられて深刻な顔をしている者たちの前で安堵の表情を浮かべるわけにはいかなかった。

第四章

一

葛巻《くずまき》と堀江《ほりえ》は、命助《めいすけ》らの宿に日参したが、頭人《とうにん》らは交渉を拒否し続けた。そして七月十七日、葛巻は盛岡に戻り、堀江は釜石代官所で通常の仕事に就いた。

盛岡に戻った葛巻は、すぐに院政を布《し》く元藩主利済《としただ》に事態を報告した。

それを聞き、利済は驚愕《きょうがく》した。大一揆《だいいっき》の件は利済の耳に入っていなかったのである。側衆らが忖度《そんたく》し、自分たちの手で事態を収拾しようとしていたのであった。

利済は愚かな為政者ではない。重商主義によって藩の財政を立て直そうとしていただけであり、今、三閉伊《さんへい》の民百姓、そして盛岡藩、仙台藩の間で起こっている事態がただ事でないことをすぐに理解し、一揆衆の要求書に目を通した。

そして、七月二十日、四十九箇条の要求に対し、三十七箇条を認めるよう沙汰《さた》した。

しかし、時すでに遅し――。

七月十七日には、唐丹《とうに》の四十五人の命を受けて野田通田野畑村の民百姓千七百人が一揆を起こし南下を続けていたのであった。

その知らせを受けた利済は、一揆衆がまたしても仙台領に越境すれば、穏便に事を運ぶことはできなくなると唇を嚙《か》んだ。

利済はやむなく用人の戸来《へらい》官右衛門《かんえもん》に三百人余りの兵を与え宮古に急行するよう命じた。

宮古の女遊部《おなっぺ》の川原で一揆衆を押しとどめたが、一揆衆の抵抗にあい発砲。一揆衆の一人が死に、二人が負傷した。

一揆衆は、街道の守りを打ち破ることは無理と判断して、山中に逃走。しばらく様子を窺《うかが》ったが、一揆を断念し二十九日にそれぞれの村に戻った。

しかし、その中の二百人が、田野畑村の頭人倉治《くらじ》に引き連れられ山中の間道を抜けて唐丹村に入った。

倉治は二百人を村はずれの森の中に待機させ、命助らの宿泊する宿へ向かった。

場所は密偵の喜平治《きへいじ》や、陣中見舞いと称してしばしば唐丹を訪れていた一揆衆から聞いていた。

秋の虫の鳴く中、倉治は濡《ぬ》れ縁の向こうの行灯《あんどん》の明かりを透かす障子に歩み寄った。

＊　＊

「田野畑の倉治だ」

外で声がして障子が開いた。

座敷に座っていた命助と権之助《ごんのすけ》、多助《たすけ》、小野《おの》は、入って来た倉治に顔を向けた。

「すまん。街道の警戒が厳しく、女遊部を越えられなかった。引き連れて来られたのは二百人。残りは郷《さと》に戻ったり、石巻《いしのまき》に逃れたり、江戸へ向かったりだ」そして

倉治は無念そうな顔をし、

「鉄砲で撃たれ、一人死に二人が怪我をした」

と付け加えた。

「なんと……。人死にが出たか……」

権之助は唸《うな》った。

命助も衝撃を受けた。あの時、話し合いが長引いても、一揆勢を動かすのを少し待つように言っていれば、犠牲は出なかったかもしれないと唇を嚙んだ。

「ざまぁみろと思っているだろう」

苦々しげな権之助の声が聞こえて、命助はそちらに顔を向けた。

権之助と多助が命助を見ていた。その目つきにはなにやら賤《いや》しい表情が浮かんでいる。

「お前、自分が言ったとおりにしていれば、人死には出なかったと、腹の中で笑っているのだろう」

多助が言った。

倉治が、なにを仲間割れしているのだと言いたげに双方の顔を見る。

その瞬間、命助の中に悔しさがこみ上げた。

「人はな、他人も自分と同じような考え方をすると考えるものだ。お前たちは、今度のことでおれがせせら笑っていると考えた。つまり、お前たちは他人がなにか失態を演じればせせら笑う者たちだと、身を以《もっ》て示したのだ――。おれは、今回のことをお前たちの失態とは思っていない。おれたちの失態なのだ。権之助、お前はおれを殴った時に『おれたちの一揆を駄目にするつもりか』と言った。その『おれたち』には、おれは含まれていなかったのか？」

　命助の目から涙がこぼれた。

「おれは、おれが情けない……。意見は食い違っても、おれはお前たちの仲間だと思っていたのに……」

　権之助と多助の前に正座した命助は、膝《ひざ》の上で強く拳《こぶし》を握った。

「いや……」

　命助は突然、己の中でなにかが変化したことに気づいた。

　本当におれは一揆衆を心から仲間だと思っていたのか？

　おれは、綺麗事《きれいごと》ばかりを言っていないか？

　命助は大きく息を吸い、こぼれた涙を指で拭《ぬぐ》って口を開いた。

「おれは初め、生活苦から逃れるために一揆勢に加わろうと思った。賤しい考えが動機だった。だが、お前たちと行動を共にするうちに、師の言葉を思いだした――。世の中は、侍も民百姓もいっしょくたになって、転がしていかなければならぬ――。侍はありとあらゆる手を使って民百姓を騙《だま》す。そして、己が責任をとろうとはしない。景気がよくなれば、政《まつりごと》の成果で、景気が悪くなれば、商人らのせいにされる。そういう侍にだけ政を任せておいてはならない。おれはそう教えられた――」

「ならば、なぜすぐに一揆に加わらなかった？」

多助が訊《き》いた。

「一揆衆があまりにも幼稚だったからだ」

「なにっ？」

権之助の顔が険しくなった。

「たいした兵略も立てずに、数に任せて代官所や城下へ押し寄せて騒ぐだけ。それでも小本の親爺《オドウ》が指揮をとった一揆はまずまずだった。けれど、侍たちの口約束を信じて引き上げ、結局、頭人たちは捕らえられるということを繰り返している。それに、頭人たちは威張り、下っ端は虎の威を借る狐。これでは、せっかく師から学んだことも役に立てることはできないと思った——。げんに、おれはずっと余計な口を出すなと言われ続けた」

権之助は小さく舌打ちをする。

「そうなることが分かり切っていたから、おれは一揆衆とは距離を置いていた。荷駄商売でうまく立ち回り、この乱世を生き延びてやると思っていた。だが、いよいよそうはいかなくなった。それで一揆に加わった。正直に言おう。その頃は、お前たちを馬鹿にしていた。うまく立ち回って、一揆衆を操り、大一揆を成功させてやると考えていた」

「もうやめろ！」松之助が叫ぶように言った。

「聞きたくない」

「いや、おれの心の中の汚いものをすべて吐き出してしまわなければ、本当に一揆衆の仲間とはなれない……。きっと、おれのそういう心が透けて見えて、お前たちはおれを本当の仲間と思ってくれていなかったのだ。だから、お前たちが言ったとおりにしたから人死にが出たと、おれがせせら笑っているなどと思われたのだ……」

顔を歪《ゆが》めて心情を吐露する命助を、頭人たちは複雑な表情で見つめていた。命助が役に立つ男だと思いながらも、自分たちが距離を置いていたことは事実であった。それは、命助自身が言っていた通り、一揆衆を下に見ているような言動が垣間《かいま》見えたということもあったが、命助の聡明《そうめい》さに対する嫉妬《しっと》も多分に含まれていたと、今になって気づいたのであった。

「お前の師匠は――」小野が口を挟んだ。

「そのほかにどのようなことを言うた？」

「侍の都合ではなく、民百姓の声を政に反映させせられるような世にならなければ駄目だ。お上の仰せられる事は、いちいちごもっともと、唯々諾々として従っていてはならぬ。また、政など侍に任せておけばよいと無関心になってもならぬと」

「では、一揆衆と同じだ。ならば、双方、気持ちを改めて前に進むということでよしとしよう。今ここで、どちらがいいの悪いのと揉《も》めている暇はないし、青臭い告白のしあいを聞くのもかたはら痛い」

小野の言葉に、命助たちはばつの悪そうな顔をした。

「しかし……」

権之助は納得できないというように首を振る。

小野は、まだ命助に対する文句を言うのかといわんばかりの、げんなりした顔になったが、権之助は、

「我らの読み違いで人死にが出た。命助の言うとおりにしておけばよかったのだ……」

と言った。

小野は、

「今まで出なかったのが僥倖《ぎょうこう》なのだ」

と微笑し、首を振った。

命助は権之助を見て肯《うなず》いた。

二人とも、お互いに許すとも許さないとも口にはしなかった。しかし権之助の方が後ろめたさが強かったのか、ぶっきらぼうにつけ加えた。

「これからは、少しだけなら口を出してもいいぞ。ただし、あまり調子に乗るんじゃねぇぞ」

「頭人として認めてもらえたならありがたい」

と命助は言った。

頭人たちは一様にほっとした表情になった。

倉治が話題を変えた。

「大槌でも一揆を起こすことになっている。しかし、そちらは百人、二百人になりそうだ。女遊部で止められなければ、一万を超える軍勢にできると思っていたのだが、残念だ」

「仕方がない」権之助が言う。

「無理やり通れば人死にが増えていたろうからな」

一揆は侍の戦とは違う。いかに生き延びるかが大切なのであったから、いつも強硬な意見を言う権之助も、そう言って倉治を慰めた。

「今から本郷番所に行き、二百人の宿と飯を用意してもらおう」

命助が立ち上がった。

＊　　＊

その後も大槌通で一揆が起こり、二百人余りの一揆衆が越境して来た。本郷代官所の役人は「惣代《そうだい》四十五人だけを残す約束であるから、お前たちを置いておくわけにはいかぬ」と、飯を食わせて倉治が率いた田野畑の一揆衆と同様、村へ帰した。

大一揆の目論見《もくろみ》は、諦《あきら》めざるを得なくなった。

仙台藩にも知らせは入ったようで、佐々木《ささき》は大一揆の件を口にしなくなった。

頭人たちもあえて大一揆の話はしなくなり、ぎすぎすしていた命助への当たりも和らいだ。

三閉伊を仙台領にする話は実質的に棚上げになり、命助はほっとしたのであった。

＊　　＊

七月の後半、盛岡の本誓寺《ほんせいじ》の住職、是観《ぜかん》が一揆衆のもとを訪れた。

面会の座が設けられた近所の寺に、仙台藩の役人に連れられながら向かう途中、

「役人では駄目だから、今度は坊主をよこしたか」と小野は呆《あき》れた顔をした。

「本誓寺の是観は盛岡で一番信望の厚い僧侶《そうりょ》だ」

「坊主は口がうまい。乗せられるんじゃないぞ」

権之助は、惣代らに言った。

寺の本堂に、是観は困り切った顔で座っていた。

怖い顔をして座った惣代らを見渡し、是観は口を開いた。

「その方らが一揆を起こした気持ちは分かる。すべて天の理にかなわぬ藩の悪政が原因であるということもな」

権之助に言われていたにもかかわらず、自分たちの行動に理解を示した是観の言葉に、惣代らの多くが心を動かした。

その者たちの表情の変化を見て取って、命助が口を挟んだ。

「ならば、なぜ御坊はここに御座《おわ》すのでございましょう？　我らの気持ちがお分かりになるのであれば、放っておいていただきたい」

「そうもいかぬのだ」是観はさらに困った顔をした。

「このままではさらに人死にが増えるぞ」

「それは、宮古女遊部の件を仰《おっしゃ》っているので？」

「うむ。その方らは、よく考えて一揆を起こしたのであろう。その事は、頻繁に惣代を入れ換えていることでも分かる。頭人を特定され、処罰されるのを回避するためであろうが、ほかの一揆衆はどうであろうな。女遊部では下手な動きをして、一人が死に、二人が怪我を負うた。その方らがここに留《とど》まっているうちに、日々城の緊張も高まっておる。それは警備の兵らにも伝わる。鉄砲の引き金にかける指にも力が籠《こ》もろう。そうなれば、些細《ささい》な驚きで、ズドンッといってしまう」

「だから郷へ戻れと？」権之助が言った。

「藩がこちらの要求を認めなければ、我らが命がけで仙台領に来た意味がなくなります」

「藩がその方らの願いの多くを認めたことは知っておろう。捕らえられた家族らもお解き放ちになった。今、その方らが郷へ帰ると決めるならば、拙僧はその方らの減刑を願い出よう」

「話になりませぬな」命助が即座に言う。

「我らが御坊の説得に応じれば、本誓寺には幾らの金が入るのですか？」

「金など入らぬ」

是観はむっとした顔で言った。

よし、あと一押し――。

命助はさらに言い募る。

「いやいや。本誓寺ほどの古刹《こさつ》の住職が、ここまでお出《い》でになるからには、藩から結構な金が出ているはずでございます」

「だから、そのようなことは――」

と言いかけた是観を制して、命助は続ける。

「人の道を説く僧侶であれば、我らの行動は眉《まゆ》をひそめるものでございましょう。村々を騒がせて、女子供や年寄りまで無理やりに引き込んで、数にものをいわせての乱暴狼藉《ろうぜき》。鎮圧に来た役人たちを困らせ、ついには越境して、仙台藩にも迷惑をかける。そして、説得に来た役人には悪口雑言を吐き追い返す――。しかし、そのような者たちの気持ちが分かると仰せられる。ご自身の気持ちを押し殺して、我らの心に沿うようなお話をなさっても、それは偽りでございましょう」

「うむ……」

是観は言葉を失って唸った。

「我らは命がけで仙台領に越境して参りました。そういう者たちに、偽りの心で話をなさっても、空疎でございます」

「命がけと申しても、その方らは生き延びる手を講じているではないか」

「それが悪うございますか？　あらゆる手段を試し、それでも駄目であれば我らの負け。仕方なく刑場の露と消えましょう。もっとも、そうなれば、盛岡藩を見限る者がさらに増え、仙台領に来る者の数は一万、二万ではすまなくなりますぞ。事は内々には収まらず、御公儀の手が入る。そうなれば、盛岡藩はおしまいでございましょう。我らの願いを聞き入れ、藩政を改革することと、御公儀に盛岡藩を潰《つぶ》されること。どちらが得でございましょう？」

「だからこそ拙僧が――」

「いやいや、是観さま。あなたさまは、どのような権限を藩から与えられて御座すのでございますか？　我らと交渉をする権限は与えられてはおりますまい。頼まれたのは我らを郷に帰すことだけ。ならば、無駄足でございます。我らが求めているのは、ちゃんと交渉をする権限を与えられた方でございます。いくら徳の高い御坊であろうとも、我らを説得することはできませぬ。仙台藩が痺《しび》れを切らす前に、交渉のできる方をこちらにお寄越しなさいませ」

「遠野侯南部《なんぶ》弥六郎《やろくろう》さまと、楢山五左衛門《ならやまござえもん》さまを」

列の後ろで小野が言った。

「お二方は、今、謹慎中だ」

是観は首を振る。

「民百姓の気持ちをよくご存じの方々を罷免するような国に、これから先、仁政の望みはございません」権之助が言う。

「罷免を解き、交渉役にお寄越しくだされば、我らも少しは心を開きましょう」

権之助が立ち上がり、ほかの惣代らも立ち上がって座敷を出た。

外に出ると、たせが腕組みをして立っていた。

「坊さんを困らせるのは感心しないね」

「なんだ。盗み聞きしていたのか」

命助は言った。

「盗み聞きなどと人聞きの悪い。あんたたちがなにをするのか見届けるって言ったろう」たせは鼻で笑う。

「まぁ、あんたが言ったとおり、坊さんが来てもなんの役にも立たないけどね」

「分かっているじゃないか」

命助は小さく笑った。

「藩の方は分かっていないようだね。心情に訴えておさまる時期はとうの昔に過ぎてる。民百姓をよっぽど甘く見てるんだ。これでもまだあんたは藩を信じるのかい？」

たせにもいつぞやの諍《いさか》いの話は届いているようだった。

命助は、

「信じる」

と短く答えたが、藩はいつまで待っても正式な交渉人を寄越さない。命助の信念も揺らぎ始めていた。

「だいぶ前から為政者の心と民百姓の心は乖離《かいり》している」小野が言った。

「城の者どものの多くはそのことに気づいていない。また、甘く見られている民百姓にも気づいていない者、日々の暮らしが安泰であればそれでよしと思う者もいる」

「仕方がないじゃないか」

たせが言った。

命助は、以前自分も同様に言ったことを思いだした。

「民百姓は日々の暮らしで精一杯の者ばかりだ。政をちゃんと考えるのは、おらたちの年貢で飯を食うている侍らの役目だろうが。そのために侍は百姓仕事をしなくてもすむように俸禄《ほうろく》をもらっている。違うか？」

「違わぬな」小野はすまなそうな顔で答えた。

「だが、侍は俸禄をもらうのをごく当たり前と考えている。だから、いかにして手を抜くか、どこかに己の利益になりそうな繋《つな》がりはないかと、そういうことばかり考えている者も多い」

「だから、世直しは侍などに任せていてはならんのです」

命助が宿に歩き出しながら言った。

「それは尊皇攘夷《じょうい》、倒幕を叫ぶ者たちのことを言っているのか？」

小野は命助に並んで歩きながら言う。

「侍が考える世直しなど、しょせん、侍たちのための世直しでございますよ。民百姓は二の次、三の次。どうせ御公儀を倒しても、自分たちが後がまに座って美味《うま》い汁を吸おうとするに決まっております」

「だから、民百姓による世直しをしなければならぬか――。その議論は先日したぞ」

「小野さまに無理と言われ、悔しい思いをいたしましたが――。なんとかしとうございますな」

命助は溜息《ためいき》をついた。

「難しかろうな」小野は首を振る。

「三閉伊の一揆衆は心を一つにしているように見えて、一枚岩ではない。人が多く集まれば集まるほど、先に立ちたい者も増える。郷に帰った者たちの中にも、ここに残った四十五人をやっかんでいる者が結構な数いる――」

命助がちらりと権之助を見ると、目があった。権之助はばつの悪そうな顔をした。それは命助も同じだった。

「一揆が終結しても気は抜けぬ」小野が言う。

「用心しておかなければ、足を掬《すく》われることもあろう」

「一揆が終わったら――」追いついたたせが言った。

「まずは、馬鹿な男どもがあんたたちを英雄だともてはやすだろうね。ちやほやされるもんだから、あんたたちはいい気になる。今までの一揆衆のほとんどはそんな様子だ。いい話しかせず、乱暴狼藉は棚上げにされる。馬鹿な奴らはそれを真に受けて、一揆衆は凄《すご》いと自慢げに言いふらす」

「ならば、お前が一揆の真実の姿を伝えればいい」

権之助が面倒くさそうに言う。

「馬鹿だね」たせは顔をしかめた。

「一揆衆の悪口を言えば、よってたかって虐《いじ》められるに決まってるだろ。あんたたちが引っ張りに来た時に逃げ回っていた奴らも、一揆が終われば掌《てのひら》を返すんだよ。この一揆がうまくいけばなおさらだ。何年も経つうちに、いい話だけが残って、一揆衆は奉られるようになる」

「いいところも悪いところも、すべて包み隠さずさらけ出しておかなければ、真実は伝わらない——。そういうことだな」

命助は言った。しかし、それは難しいことだろうとも思った。

清国では、戦に勝った国が、敗れた国の歴史書を書くと聞いたことがある。だから、勝った国が正義で、敗れた国は悪として記される。日本にしても同様だ。陸奥国の歴史を見ても、蝦夷《えみし》の首長阿弖流為《アテルイ》、俘囚長《ふしゅう》だった安倍《あべ》氏、平泉《ひらいずみ》の藤原《ふじわら》氏。いずれも悪であったがゆえに滅ぼされたことになっている。

この一揆で我らが勝てば、盛岡藩を悪し様に言い、我らのすべての行動が正当化されるだろう。城の中とて同様。我らの要求が通り、遠野侯や楢山五左衛門さまが復帰すれば、いずれ院政を布く利済公の政は終わりを告げる。そうなれば、利済公とその側近だけが悪者となり、語り伝えられる。

事なかれで日和見を決めていた者や、悪政を諫《いさ》めようとしなかった者たちも、勝った者たちの尻馬《しりうま》に乗り、まるで以前から利済公に対抗していたかのように振る舞う——。

民百姓、侍の別なく、これは人であるからこその醜さではないか——。

命助は暗澹《あんたん》たる思いにかられた。

肩に手を置かれ、命助ははっとして振り返った。

小野が命助の顔を覗《のぞ》き込みながら、

「先のことを憂うよりも、まずは次の手だ」

と言った。

「そうですね。遠野侯や楢山さまが交渉役になった場合の打ち合わせをしておきましょう。おそらくお二方も民百姓の気持ちをよく分かって御座すとはいえ、こちらの願いをすべて飲むということはありますまいから」

惣代たちは肯き合って宿に戻った。

たせは少し怒ったような顔をして、惣代たちの後をついていった。

＊　　＊

八月に入ってすぐ。命助が縁側に文机《ふづくえ》を出して交渉の素案を練っていると、たせが、「声をかけてもいいかい」と言いながら庭に現れた。昼少し前であった。

命助が顔を上げると、たせはにやにやと笑っている。

「どうした？　なにかいいことでもあったのか？」

命助が訊くと、たせは「あんたにね」と言いながら宿の出入り口の方へ手招きをした。

おずおずと姿を現したのは、風呂敷《ふろしき》包みを背負った命助の妻のまさ、今年十五歳になる長男の定助《さだすけ》であった。

命助は思わず立ち上がった。膝を文机にぶつけ、ひっくり返りそうになった机を慌てて押さえた。

「どうした、まさ。定助。家になにかあったのか？」

命助は顔から血の気が引いていくのを感じた。

「ほれ、おっ母さん。おれが言ったとおりだろう」定助は咎《とが》めるような顔をしてまさを見ながら、縁側に歩み寄った。

「違うんだお父っつぁん。栗林に戻ってきた一揆衆の人らが、陣中見舞いに行ってこいってうるさいもんだからさ。おれは、お父っつぁんを驚かすだけだからやめようって言ったんだ」

しかし、言葉とは裏腹に定助は、久しぶりに見る父の顔に嬉《うれ》しそうな笑みを浮かべる。

「ああ……。そういうことか」

命助はほっとして座り直した。

たせはにやにやしたまま、台所の方へ歩いていった。

まさと定助は縁側に座った。

「皆、変わりはないか?」

命助は隣に座ったまさを見ながら言った。

まさは、少し恥ずかしそうな表情を浮かべて肯いた。

「はい——。本家もわたしらも息災です。皆で来ようかと思ったのですが、『家のことも大事だから千代松《ちよまつ》と善太郎《ぜんたろう》は家を守れ。小さいさととちきは足手まといだ』と定助が言って残して来ました。こちらはいかがですか?」

「上々だ。田畑の仕事、お前たちに任せてしまってすまんな」

「そのことは心配するな」定助は言った。

「おれと千代松、善太郎が力仕事は全部やってる。半蔵《はんぞう》も頑張っている」

半蔵とは、今年七歳になる本家の長男だった。

「そうか。惣代の中には家族が捕らえられた者もいたようだが、そっちには役人は行かなかったか？」

「来たが」定助が笑いをこらえた顔をする。

「まつよさまが、泣き落としで追い返した」

まつよとは、本家の後家である。

「ほんに真に迫った演技で、役人たちももらい泣きして帰って行った」

「まつよさまはなんと言った？」

「お父っつぁんは、家のことも顧みずに荷駄商いに出ると女郎屋に入り浸っているろくでなしだから、牢《ろう》に入れるなりなんなりすればいい。けれど、我らは女子供で細々と食いつないでいるから、どうか捕らえるのはやめてくれと」

「そうか。おれはろくでなしか」命助は苦笑した。

「まぁそれで、役人を追い返してくれたのだからな」

「食べ物は気仙の方々にご迷惑をかけていると聞きました」まさが言って風呂敷を開いた。

「少しばかりでなんの足しにもならぬでしょうが、定助と一緒に担いで参りました」

まさと定助の風呂敷包みの中身は、布袋に詰めた米であった。

「いや、ありがたい。お前たちの気持ちは充分に伝わろう」

命助は二人から米の袋を受け取り、大切に縁側に並べた。

「ではおっ母さん、帰ろう」

定助は立ち上がった。

「もうか？」命助は驚いて言った。

「泊まっていけばよい。無理をすればお腹の子にさわる」

「それはそうなんだが――」定助は困った顔をする。

「おれとおっ母さんが泊まれば、それが前例となる。おれたちが泊まるということは、二人分の食事が増えるということだ。四十五人の惣代の家族が同じように泊まれば、気仙の人たちにさらに迷惑がかかる。惣代の中にはずっと北から来ている者もいようから、そういう家族は泊まるにしてもおれたちは帰った方がいいだろう。休み休み戻って、無理はさせない。疲れが見えたら、釜石の親戚《しんせき》の家に泊まる」

そういうところまで考えられるようになったか――。

命助は胸がじんと熱くなるのを感じた。

栗林まではせいぜい八里（約三二キロ）。今から帰れば暗くなるまでには帰り着くだろうが――。

昼前に着いたということは、栗林を出てきたのは夜明け前。二人は一日歩きづめになる。

「苦労をかけるな」

命助は思わず言った。

「なに。お父っつぁんは命をかけているのだ。それを考えれば、一日歩きづめなど屁《へ》でもないさ」

定助は「さぁ」と言ってまさを促した。

まさは名残惜しそうに縁側を立つ。

心細げなその姿を見て、命助は思わず抱き締めてやりたくなったが、定助がいるからそうもできない。

「それじゃあ、無事に帰ってくるのを待っているよ。それまでの間、おれがいるから家の方は大丈夫だから」

そう言う定助の目が微《かす》かに潤んでいるのを、命助は見逃さなかった。

無理をしているのだ。我慢をしているのだ。

父親に心配させぬよう、精一杯、意地を張っているのだ。

鼻の奥がつんと痛んで、視野が涙で歪みかけたが、命助は堪《こら》えた。

「うむ。お前が家を守ってくれていれば、安心だ」

「おれだけじゃないさ。おっ母さんも、千代松、善太郎、さと、ちき。まつよさまも、半蔵、はるも、しっかりと家を守るよ」

定助は言うと、慌てた様子で命助に背を向けた。きっと、涙がこぼれてしまったのだと命助は思った。

まさは、自分の頰を伝う涙をさっと拭って、命助に頭を下げ、先に歩き出した定助を追った。

命助は、庭に走り出して、二人の姿が見えなくなるまで見送りたかったが、じっと堪えて縁側に座っていた。

見送れば、きっと声をかけてしまう。声をかければ寂しさが募るし、定助も辛《つら》い思いをするだろう。そう考えたのであった。

＊　＊

以後、陣中見舞いの一揆衆のほかに、惣代の家族も訪ねて来るようになったが、命助の家族の先例があったからだろうか。日帰りできる者はその日のうちに帰り、遠くから来た者は泊まっても、自分たちの食う分の米は持参した。

いずれの家族らも、一揆衆と関わりのない村役人から『すぐに村に帰ってくるように説得しろ』と言われて来たと告げた。

院政を布く利済が、一揆衆の願いの多くを認め、捕らえた関係者らを解き放ったというのに、その側衆が放った密偵たちはまだ暗躍しており、村の有力な者に圧力をかけているのであった。

家族らは一様に、村役人らの言葉を無視して、惣代らの見舞いに来たと笑った。

＊　＊

仙台藩は、盛岡藩が一揆が解決される前に税の徴収を始めたこと、一揆衆の家族を捕らえたことを、盛岡領内に放った間者《かんじゃ》から報告を受けていた。一揆衆の要求のうち三十一箇条までは認めるという知らせがあったものの、その後、複数回の一揆衆の越境があり、ついに八月十二日、今回の件を内密に処理することをやめた。

公儀に報告すると、盛岡藩に通告したのである。

盛岡藩は、今回の一揆に関連して捕縛した者たちを解放したが、仙台藩は老中久《く》世《ぜ》大和守《やまとのかみ》に書状を送った。

三閉伊を仙台領とするという策は、大一揆を起こせなかったことによって、一時棚上げとなった。しかし、仙台藩は諦めていなかった。

三閉伊は平地の少ない土地であったから、農産物の収穫は望めない。また、峻険《しゅんけん》な山が海に落ち込む地形のために大きな港も少なく、海産物の水揚げも大したことはない。しかし、豊富な鉄の資源が大きな魅力であった。そしてなにより、陸奥、出羽国の統一は、伊達政宗《だてまさむね》の時代からの大望。徳川が天下を取って頓挫《とんざ》したが、ごく一部であっても領地を広げられる機会は逃したくない。

しかし、一気に事を進めては、盛岡藩の弱みにつけ込んで領地を増やそうとする不届き者ということになりかねない。大一揆はなくとも、小さな事実を積み上げていけば、なんとかなる。

まずは、久世大和守に内報し、ゆっくりと事を進めよう――。

それが最初の一手であった。

二

本誓寺の是観が帰ってから、何度か盛岡の役人たちが説得に訪れたが、惣代らは面会すら拒否し続けた。

八月にも盛岡領内での一揆は続発していた。福岡《ふくおか》通では数千人が集まって三閉伊一揆に呼応する騒乱。田名部通では数百人の重税や悪徳商人排斥を求めた一揆。万丁目通でも数百人が集まり、肝入を排斥するための一揆が起こった。いずれも代官所の役人らに鎮撫《ちんぶ》された。

それらの様子は、宮古の若き密偵喜平治や、堂々と平田番所や本郷番所を通って陣中見舞いに来る一揆衆の仲間らによって知らされたのだが――。

九月十七日の朝、久しぶりに仙台藩目付の佐々木吉十郎《きちじゅうろう》が惣代らを訪れた。

全員集まれと言われたので、四十五人は、命助や権之助らの宿の二十畳ばかりの座敷にぎゅうぎゅう詰めになって、佐々木を迎えた。

「この度、その方らを移すことに決まった」

佐々木は上座につくなり、そう言った。

「どこへ？」

権之助が眉をひそめる。

「あまり長い間、ひと所に置くと、仙台領の百姓らによくないでな」

「我らが一揆の考えを吹き込むとお考えか」

命助が言う。

「それもある」

「ほかにもあると？」

「頻繁に南部領から人が来るのも好ましくない。こちらの者たちと密《ひそ》かに物々交換、税を払わぬ商売などが行われているとの話も聞いた」

「なるほど。それでどこに移すと？」

「盛郷《さかり》田茂《たも》山《やま》村だ」

盛郷は唐丹村の南、およそ七里半（約三〇キロ）。盛川の河口にある、大船渡《おおふなと》村、田茂山村、赤崎《あかさき》村、猪川《いかわ》村、立根《たつこん》村、日頃市《ひころいち》村の総称である。

「田茂山村に移ったならば、村人との交流は禁止。盛岡領からの陣中見舞いも禁止だ」

「惣代の入れ替えはさせてもらいますぞ」権之助が言った。

「それは譲られぬ」

「その代わり、きっちり十日に一度にしてもらおう」

頻繁に盛岡領の情報を得るということは難しくなりそうだが、喜平治ならば夜陰に乗じて訪れることもできるだろうと命助は思った。

「いつ田茂山村に移るので？」

権之助が訊く。

「今すぐだ。荷物の用意をいたせ。半刻《はんとき》（約一時間）後に出立だ」

権之助たちはそれぞれの部屋に戻った。

命助は宿の裏に行き、洗濯物を取り込んでいたたせに声をかけた。

「半刻後に、田茂山村に移ることになった」

「そういうことになるだろうと思った」

たせは顔をしかめて乾いた洗濯物を縁側に置き、慌ただしく畳む。

「なぜそう思った？」

「田野畑の多助が、あちこちの百姓に一揆の仕方を伝授して歩いているって噂だったからさ」

「そんな噂があったか」

「なんだ。知らなかったのかい」たせは手を動かしながら呆れた顔を命助に向けた。

「ちゃんと耳をでかくしてあっちこっちの噂を聞き込んでいなきゃ、頭人は務まらないだろうが。仙台藩や盛岡藩との交渉にばかり気が向いて、足元が疎《おろそ》かになってるんじゃないのかい。それとも、ここ一月ほど、交渉事の動きがなかったから、気を抜いていたかい」

「お前の言うとおりだ。面目ない」

「これからは気をつけな――。さぁ、半刻しか時がないんなら、あんたもあたしも色々と準備が忙しい。さっさと部屋に引き上げな」

たせは追い払うような手つきをし、畳んだ洗濯物を持って家の中に入った。

確かに、唐丹での暮らしに慣れきって、あちこちに注意を配るのを怠っていたかもしれない。

命助は気を引き締めて、自分の部屋へ走った。

＊　＊

佐々木と数人の侍らに伴われて、命助ら四十五人の惣代と、たせは唐丹を出発した。

浜街道という呼び名は名ばかりの、山中を行く道であったが、季節は晩秋。空は晴天。涼しい空気の中、旅は快適であった。

命助は、佐々木ら侍たちが気を抜いた様子を見ながら、田野畑の頭人、多助に近づいた。

「多助よ。唐丹の百姓らに一揆を説いたと聞いたが本当か？」

「説いたがどうした」

多助は命助の方も向かず、頑《かたく》なな口調で返した。

「この度の宿替えは、それも原因の一つのようだ」

その言葉に、多助は鋭い目を命助に向ける。

「おれのせいで宿替えになったというのか？」

「いや。原因の一つだと言うた」

「盛岡藩ほどではないにしろ、どこの藩の百姓らも搾取されておる。一揆の仕方を教えてくれと言われれば、喜んで教える」

「唐丹の百姓らに求められたというのか？」

「そうだ」

「うむ……。その気持ちは分からぬではないが、我らの一揆が危うくなる。失敗してしまえば、お前の話も説得力を失おう。まずは、こちらの一揆を成功裏に終わらせることを第一と考えてはもらえぬか」

「一揆の考えを広める好機は何度もあるわけではない。お前とて、諸国を巻き込む大一揆を夢見ているではないか」

「確かにそうだが、我らの一揆が成功すれば、他国の頭人らが、学びに来よう。仙台領ばかりではなく、陸奥国全土、常陸《ひたち》、下野《しもつけ》、上野《こうずけ》、武蔵《むさし》――。薩摩《さつま》、琉球《りゅうきゅう》からも頭人が来るやもしれぬぞ。特に琉球は薩摩から我らよりも酷《ひど》い扱いを受けていると聞く」

その言葉に、多助はすっと顔を背け、

「お前はお前ができることをやればいい。おれは、おれができることをする」

と言うと、足を速めて命助の側を離れた。

一揆衆は一枚岩ではない――。小野の言葉が命助の内に蘇《よみがえ》った。

緊張の連続であった行軍と、篠倉《ささくら》越えの難所。その間は心を一つにしていられた。

しかし、唐丹に腰を落ち着け、交渉事はあったにしても、食うに困らず、百姓仕事もしない安楽な暮らしの中で、心が離れた。一度、頭人どうしでの言い争いがあり、一旦《いったん》は絆《きずな》ができたようにも思えたが――。

命助は小さく首を振った。あれは幻影であったようだ。

今は、仙台越訴《おっそ》という大一揆によってなんとか結びついている心も、これが終わればばらばらになってしまうかもしれない。

船頭多くして船山に上るというが、それぞれの土地の頭人たちはいわば船頭。それぞれが、それぞれのやり方を主張して譲らない。

今回よりもさらに大きな大一揆が起こるか、小本の親爺のような、我の強い頭人たちをも強く強く惹《ひ》きつける人物がいなければ、民百姓が侍らの政に最終的な勝利を得ることはできないだろう。

おれが、小本の親爺になる――？

命助は眉根を寄せた。

それは無理だ。おれができることは今のこれが精一杯だ。精一杯やっても、たった四十五人の頭人をまとめることができずにいる。

多助は『お前はお前ができることをやればいい。おれは、おれができることをする』と言った。おれの言動など、『分かった。お前の言うとおりにしよう』と、頭人らの心を一つにする力はないのだ。

命助が深い溜息をついた時、大峠の上り道に差しかかり、佐々木が小休止を告げた。

命助は仲間と少し離れた所に座り、たせが握った握り飯で昼食をとりながら、独り思考を巡らせた。

古《いにしえ》の陸奥国も、各地の豪族が一枚岩となれなかったために中央の攻勢に耐えきれなかったと聞く。それが何度も繰り返された。

陸奥国には、なにか呪いのようなものでもかかっているのだろうか。

それとも為政者が巧妙に、陸奥国の人々の結束を壊す仕掛けをしているのだろうか。

「もっと学ばなければならんな……」

そう呟《つぶや》いた時、小野が竹の水筒から水を飲みながら近づいてきた。

命助の横に座りながら、

「多助のことは放っておけ」

と言う。

「はぁ……。しかし……」

「多助は前々から田野畑の民百姓を導いてきた頭人だ。それなりの矜持《きょうじ》がある。お前の交渉事の腕前を評価しつつも、自分もなにかしたいと思っているのだ」

「それでは船が山に上ってしまいましょう」

その言葉に、小野はふっと笑う。

「大丈夫だ。我らの船は今、大海のただ中だ。近くに山はないし、目的地は分かっている。我らはそこに向かって進めばいい。外の者たちと頻繁に継ぎをとれないことは痛いが、なに、外のことは外に任せておけばよい」

「しかしそれでは統一した動きが――」

「なぁ、命助よ。人は己の力以上のことはできぬものだ。一揆衆も同じ。もし、外の仲間との継ぎがとれぬということで、この一揆が失敗すれば、我らの力はそれだけのものだということだ」

「だが、それでは――」

「我らの屍《しかばね》を乗り越えて、また新しい者たちが一揆を起こす。その連中は、我らの屍の山の上に立っているから、手を伸ばせば目指すものに届くやもしれぬ。我らもまた、先人の屍の上に立っているからこそ、ここまでのことをやれたのだ。ともかく、我らのできることを精一杯やればいい。お前がやるべきは、我らの望みをできるだけ多く通すことだ。そのほかの些末なことなど忘れてしまえ」

「たせには足元を見よと言われました」

「足元ばかり見ていれば、枝に頭をぶつけることになる。まず多助のことは放っておけ。やりすぎれば仙台藩の役人に捕らえられるだけだ。多助は一揆の惣代の一人だ。仙台藩も痛めつけたり処罰したりするのはまずかろうから、牢にでも閉じ込めておいて、一揆衆が南部領に帰る時に解き放つ――。まぁそういうことでおさまる」

「なるほど。左様でございますな」

多助の気持ちを惹きつけることができなかったという思いから、視野が狭くなっていた。確かに、最悪でも小野が言ったような流れですむだろう。

佐々木が出立の合図をした。

命助と小野は立ち上がって先頭に立った。

一行は夕刻前に田茂山村に着き、命助たちは三軒の町屋に分かれて宿泊することになった。

三

命助は己のできること──、これからの交渉をどう進めるかを考え続けた。

一揆衆が出した四十九箇条の要求のうち、三十七箇条は認められ、十二箇条は保留とされていた。

以前はなかった御定役の税が課せられ、村毎、一年に十俵の米を納めなければならなくなり、それがここ二年ほどは十一俵に増やされたこと。

人頭一人につき一年一両、五年五両の税がかけられたこと。

御用金を、年に七、八度も命じられたこと。

以前はなかった牛馬孕《はらみ》御役——、牛馬が子を宿すと税金が取られるようになったこと。

尾去沢花輪《おさりざわはなわ》御銅山への御用の荷物の運搬は給代が少なく、不足分を村で負担している上、人足として無償で働かされること。

片栗粉を作ることにも税がかけられること。

命助に関係することでは、五十集《いさば》職札の存廃が保留されていた。以前はなかったのに、上中下の免許が必要になり、免許料が取られるようになったこと——。

保留になったそれらをどれだけ認めさせるか。

おそらく、次に来る交渉役は——できれば遠野侯南部弥六郎が望ましいが——、城でどこまで認められるかの評定を受けて、こちらに赴いてくるはずである。

盛岡藩側は、できるだけ保留のままとしておいた方がいいと考えているに違いない。先に認めた三十七箇条の中にも、役人の削減や税の廃止などが含まれていた。さらに十二箇条を認めてしまえば税収が大幅に減ってしまうからである。

減った分の税収をどうやって補填《ほてん》するか——。話に聞くところによると、楢山五左衛門は、さらなる士分の俸禄借り上げを考えているらしい。

実質の減俸である。

民百姓から税をむしり取るだけでなく、侍らも身を削って共に財政難を乗り切るという考え方である。

また、商人らに御用金を申し渡すという話も聞こえていた。優遇されている商人らの蔵には米も金もたっぷりと蓄えられている。

税はあるところからは多く、ないところからは少なく取る——。しごく真っ当な話である。

本当にそのような政を行えるとすれば、盛岡藩は大きく変わる。

この一揆が藩政改革の一助となるのだ。

そしてなにより、一揆という暴力的なきっかけから始まったこととはいえ、一揆衆が役人らと膝を交えて藩政の改革を話し合うという場を作り上げたことが、大きな価値であると命助は考えた。

もし、盛岡藩がこの一揆で、鉄砲や刀を脇に置いて民百姓と向き合うことを学んだとすれば——。

盛岡藩の政が安定するまで、小さな一揆は頻発するだろうが、そのたびに話し合いで問題を解決するようになるだろう。

民百姓と為政者が手を携えて、藩の政を考える。どこの国でも為《な》し得なかったことが、この盛岡藩で起こる。

これは、諸国に大一揆を広めることよりも価値があるやもしれぬ。攘夷だ倒幕だと騒いでいるのは、食い詰めた侍ばかりと聞く。その者たちがたとえ公儀を倒そうと、しょせん侍のための世を作り直すだけにすぎない。その者たちの手で作る新しい世では、やはり民百姓は二の次、三の次にされよう。

盛岡藩を手本として、諸国の大名らも考えを改めれば、やがて政に直接民百姓の声が届くようになる。いや、民百姓が政に参画する世も夢ではないかもしれない——。

耳に秋の虫の声が聞こえ、命助は我に返った。文机の上に広げた紙は、行灯に照らされている。交渉の構想を書き留めておこうと思ったのだが、まだ一文字も書かずに、遥《はる》か先の夢想に浸ってしまっていたのだった。

「いかん、いかん」

命助は筆に墨を染み込ませ、保留の十二箇条を紙に書き出した。

＊　＊

多助の動きは止まらなかった。夜間、見張りの役人の目を盗んで、盛郷の村々に出かけているようであった。

時に役人に見つかって、宿に連れ戻されることもあったが、多助は懲りなかった。

残りの惣代らは、さすがに多助を窘《たしな》めたが、一揆の思想を広めようという多助の心を変えることはできなかった。

何度か役人に捕らえられ、そして、佐々木吉十郎が現れた。

「仙台藩が久世大和守さまに内報したことで、盛岡藩は大慌てのようだ」

佐々木は、宿の広間に惣代らを集めるとまずそう言った。

「老中首座阿部正弘《あべまさひろ》さまや、水戸烈公《みとれっこう》らへ嘆願書を届け、我が藩にも石亀千春《いしがめちはる》どのが訪れ、内分にて一揆衆惣代を引き渡してほしいと懇願しておる」

水戸烈公――、徳川斉昭《なりあき》は藩主利剛《としひさ》の岳父であった。また、仙台藩主伊達慶邦《よしくに》は斉昭の娘を後室に迎えている。だから利剛の嘆願も聞き入れてくれるだろうし、仙台への口添えもしてもらえるだろうと、院政を布く利済は考えたのであった。

「仙台藩は石亀さまになんとお答えで？」

命助は訊いた。

「一揆衆の要求は、まだ十二箇条が保留のままである。また、遠野侯をはじめ、盛岡藩を真に憂う方々が罷免されたまま。それでは話にならぬと申し上げたが、しぶとく仙台に残り、あちこちに頭を下げて回っている様子。気の毒なことだ」

穏やかな日々を過ごしているうちに、心に余裕の出てきた惣代らは、悔しさに耐えながら仙台を駆けずり回る盛岡藩士が哀れに思えてきて、思わず顔を曇らせた。

しかし、多助ばかりは頑なに硬い表情のまま、棘《とげ》のある視線を佐々木に向けている。

「それでも、石亀どのの熱意に応《こた》え、とりあえず十月に、盛岡藩と仙台藩との交渉が再開することとあいなった」

佐々木の言葉に惣代らはどよめいた。

「十月のいつ頃でございますか？」

命助が訊く。

「十月九日あたりに、盛岡で評定が開かれるとのことであったから、十日過ぎには新しい交渉役が仙台入りすることとなろうな」

「手順は、まず仙台藩と盛岡藩の交渉。それで仙台藩が納得すれば、盛岡藩と我ら惣代との交渉ということでございましょうか」

「そうなろうな。それゆえ、その方らも明日、仙台に移ってもらう」

「なぜでございます？」

即座に反応したのは多助であった。

「仙台から田茂山村まで四十里（約一六〇キロ）を超える。交渉役さまの手間となるでな。その方らが仙台城下におれば、仙台藩との交渉が終わればすぐに、惣代との交渉に入ることができる」

佐々木の言った理由は理に適《かな》っている。しかし、多助にとっては、仙台藩の辺境に一揆の思想を広めようとしていた矢先であった。

仙台の町中であれば、多助の話に耳を傾けようとする者は少ない。交渉が始まるまであと半月近くはありそうだったが、もしかすると、多助に余計なことを吹聴《ふいちょう》させないために早めに仙台に移そうという考えもあるのかもしれないと命助は思った。

「それに、なにやら胡乱《うろん》なことを説いて回る者もいるようなのでな」

佐々木は鋭い視線を多助に向けた。

多助は低く唸ったまま、否を唱えることはなかった。

「仙台への出立は明日の明け方。長旅になるゆえ、ゆっくりと休んでおくことだ」

佐々木はそう言うと、広間を出ていった。

四

命助たちは数十人の同心たちに守られながら仙台への旅に出た。

田茂山村から高田《たかだ》村まで出れば、奥州街道に繋がる今泉《いまいずみ》街道があるが、佐々木はそちらの道は選ばなかった。気仙沼から石巻に抜ける脇街道を進み、松島《まつしま》、塩竈《しおがま》を経て、仙台に南下した。急ぎの旅ゆえ社殿には参拝できなかったが、命助らは街道から塩竈神社を拝み、一揆の成就を祈願した。

惣代らは、日頃、山と海に囲まれた狭い土地で暮らしているから、山並みが青みがかって見えるくらい遠い仙台平野の景色に大きな解放感を得た。

同心や佐々木に「もっと速く歩け！」と怒鳴られ、往来する人々の好奇の目にさらされながら、しかし、遊山気分の旅であった。

唐丹に越境した盛岡藩の一揆衆の話は広く知られているようで、村々では沿道に見物人が集まった。

惣代らは、人に見られている時にはことさらに胸を張って堂々と歩いた。あちこちきょろきょろと眺めている姿を田舎者と笑われるのを嫌ったのである。

しかし、仙台の城下町に入ると、そういう見栄《みえ》は吹き飛んだ。盛岡の城下町にさえ出たことがない者もいたので、整然と建ち並ぶ町屋や、商家の大きな暖簾《のれん》、看板、行き交う人々の小綺麗な姿、そしてその向こうに聳《そび》える青葉《あおば》城の偉容に目を奪われた。

城下では見物人の数も村落の比ではなく、沿道には大勢の人だかりができた。中には「頑張れよ!」と声援を送る者もいたが、同心らに睨《にら》まれ、こそこそと人混みに隠れた。

惣代らは、町はずれの大きな家に案内された。仙台藩の高知衆の別宅であろうか、板塀で囲まれ、枝振りのいい松がのぞいていた。

今までは分宿であったが、これからは四十五人が揃って泊まれると惣代らは喜んだ。

二十畳三間の続き部屋に四十五の夜具が畳んで置かれていて、その前に箱膳《はこぜん》が一つずつ置かれていた。

惣代らは夜具に駆け寄ると掌で押して弾力を確かめ、

「綿だぞ。綿が入っている」

と歓声を上げた。

自分の家でも、今までの宿でも、敷き布団は藁《わら》を詰めた藁布団であった。綿を詰めたふかふかの布団の上に寝たことはなかった。

佐々木はそんな惣代らに蔑《さげす》むような目を向けた後、

「この広間で暮らしてもらう。ほかの部屋には立ち入るな。飯炊き女は、ほかの小間使いと一緒に寝起きしろ」

と言って、たせに『ついて来い』と顎《あご》で促した。

たせは惣代らに小さく頭を下げ、佐々木について広間を出ていった。

権之助が真ん中の座敷の中央に、どっかと腰を下ろした。命助らはその周りに座る。

「さて、大詰めだな」

権之助は表情を引き締める。

「喜平治はここまで来られるだろうか」

松之助が心配げな顔で言う。

「大丈夫さ」命助が言う。

「一揆衆は通ったかと訊いて歩けば、難なく辿《たど》り着く」

「交渉役は誰が来るだろう」

野田村の重吉が言った。

「こっちが遠野侯をと言ったんだ。遠野侯が来てくださる」

同じく野田村の辰吉《たつきち》が言う。

「しかし、利済さまのお側衆がいるうちは、遠野侯とて思うようにものを仰せられるわけにもいくまい」

小野が首を振る。

「遠野侯が交渉役におなりになっても、油断はできない」

命助が言った。

惣代らは怪訝《けげん》な顔で命助を見た。

「どういう意味だ?」権之助が訊いた。

「遠野侯は、民百姓の気持ちをよくご存じだ」

「善政を垂れる遠野侯であろうと、為政者の側。財政難の中、できるだけ税収は確保したい。とすれは、こちらが要求しなければ、それはこちらが税として認めたということになさる」

「そんな狡《ずる》いことをなさるだろうか……」

権之助が眉をひそめる。

「お前は、遠野侯は民百姓の気持ちをよくご存じだと言うたであろう。とすれば、我らの駆け引きについてもご存じのはずだ。ならば、遠野侯は、我らが出した四十九箇条の要求の、半分も認められればいいと思っていたことも承知だ。それが三十七箇条も認められた。こちらがそれで満足しているか否かと、遠野侯はお考えになる」

「うーむ。なるほど」

「こちらが『保留の件はいかがなりましたか』と訊かなければ、それはこちらが認められなくとも致し方なしと考えていた案件だと判断なさる」

「つまりは、保留された十二箇条もいちいち確かめなければならんということか」

松之助が言った。

「いや、それだけでは駄目だ」

命助は首を振る。

「どうするんだ？」

権之助が訊く。

「この場で語るのはまずかろう。床下、天井裏、襖《ふすま》の向こうに耳があるやもしれぬ」

命助は言って、大きな音を立てて畳を叩く。

「誰か潜んでいるのか？」

多助がぎょっとした顔をする。

「武芸者でもないおれに、分かるものか」と命助は笑った。

「だが、見たところ、ここはどなたさまかの別業（別荘）。どこに秘密の隠れ場所があるか分からぬ。それに、仙台藩には黒脛巾組《くろはばきぐみ》という忍《しのび》がいるという話も聞く。だからこちらの手の内を迂闊《うかつ》に話すわけにはいかん――。だから、なにも聞かずに交渉はおれに任せてはくれないか。もちろん、おれの交渉に変なところがあれば、すぐに口を出してもらって構わない」

頭人たちは一斉に権之助を見た。

「交渉の席で仲間割れすることになろう」

権之助はぶすっと言った。

「おそらく、そうはならん。もし、おれの交渉を止めたければ、『おれが代わる』と言えばいい。おとなしく席を譲る――。どうだ、やらせてもらえまいか？」

命助は一同を見回した。頭人らは互いに顔を見合わせ、首を縦に振りかけたが、多助は頑なな顔で首を強く横に振った。

「おれは反対だ。まずは、どのような策か聞かなければ判断できん」

「相手の耳があるやもしれぬと言うたであろう。向こうに最初から手の内を知られるのと、途中からでも交渉を代われるおれに任せるのとどちらがいい？」

命助は訊いた。

「難しいところだ」

多助の立場を慮《おもんぱか》ったのだろう。権之助は眉間《みけん》に皺《しわ》を寄せながら言った。

「仲間割れをするような提案はしないと約束する。どうだ、任せてもらえないか？」

命助はもう一度一同を見回す。

「ほかにいい策を持っているものはいるか？」

小野が言った。

「三閉伊をよろしくお願いしますと頭を下げればいい」

多助が言う。

「仙台側の条件も訊かずにか？」

小野が問うと、多助は返答に詰まった。

「仙台藩が今、民百姓からどのような税を取り立てているか、お前は調べているのか？」

「いや……」

三閉伊を仙台領にという願いは元々、仙台藩を動かすための口実にすぎなかったから、細かい詰めはしていなかった。

「先々のことを考えれば、そういうことまで調べて、こちらが仙台領に加わるための条件を用意しておかなければならぬ。それがないとすれば、色々と考えているらしい命助にとりあえず任せるのがいいと思うが、いかが？　多助の案の補強も、並行して行い、いつでも切り替えられるように整えておけば、二段の構えとなって、こちらの気持ちにも余裕ができる」

小野の意見に、惣代らは肯いた。最後に多助が残ったが、命助が見つめると渋々といった風に首を小さく縦に振った。

その時、たせが広間に入って来て報告した。

「飯炊きや小間使いは十人。風呂焚《た》き、薪割《まきわ》りの爺《じ》ぃさんが一人。家の中を案内されたが、要所要所に同心がいる。井戸や洗濯場に回った時に家の周りを眺めたが、二十人くらいの同心が囲んでいた」

「では喜平治が忍んでくるのは難しそうだな」

権之助が腕組みした。

「おらが日に何度か外に出るようにしておくよ」たせが言った。

「家の中に忍んでくるよりも、継ぎが取りやすかろう」

「うむ。そうしてもらおうか」

権之助が言った。

「たせ」

命助が呼びかける。たせは「ん？」と言って命助を見た。

「お前の一揆という気がしてきたか？」

たせは一瞬驚いたような顔をしたが、

「お前たちを手伝おうと思ったんだから、きっとそうなんだろうよ」

と言って、恥ずかしそうな顔をして小走りに広間を出た。

五

仙台城下に移って数日。十月になった。

惣代らは敷地の外に出ることは許されず、交渉の打ち合わせもできないまま、退屈な日々を過ごした。盛岡領から遠く離れたということで、惣代の交代も禁じられた。

仙台藩の役人らしい男が何人か訪ねてきて、一揆についての事情を聞いていったが、帰国をすすめることはしなかった。

惣代らは、

「なんとか三閉伊を仙台領にしてほしゅうございます。それが難しければ、二万、三万、あるいはもっと増えるやもしれませぬが、三閉伊の民を仙台の領民にしてくださいませ」

と懇願してみせたが――。

住み慣れた土地が、暮らしやすくなるのが一番。盛岡藩が真に悔い改め、藩政を改革するならば、共に歩もうという気持ちになっていた。

しかし多助は、宿に野菜や米を運んでくる百姓や商人から仙台藩の税や御用金について聞きだし三閉伊を仙台領にするための交渉の材料を集めていた。

＊　＊

十月十日となった。

盛岡藩の交渉役はまだ訪れず、仙台藩の役人も顔を見せなくなった。頻繁に町に出ているたせに喜平治は接触して来ない――。

惣代らは焦《じ》れ始めた。

夕刻。

たせと小間使いが広間に飯の櫃《ひつ》と汁物の鍋《なべ》、焼き魚の皿を持って現れた。

命助はたせの表情がいつもと違うことに気づいた。ちらちらと命助に視線を送って来る。

喜平治の継ぎがあったのだ。

命助は平静を装い、たせが自分の給仕に近づくのを待った。

たせは命助の前に置かれた箱膳から飯碗《めしわん》と汁椀《しるわん》を出して飯と味噌汁《みそしる》をよそい、また命助の前に戻した。箱膳から椀を出す時に折り畳んだ紙を中に忍ばせるのがちらりと見えた。

命助は黙って夕餉《ゆうげ》を終えて、たせに白湯《さゆ》を求めた。

土瓶から飯碗に白湯を注ぐたせは、

「喜平治から」

と短く言って離れた。

命助は残しておいた沢庵《たくあん》で碗の飯粒を洗い、白湯を啜った。

箱膳に碗を納めながら、中の紙を取り上げて袂《たもと》に滑り込ませた。

惣代らが食事を終え、たせと小間使いが広間を出ると、命助は目配せをしながら雨戸を閉める。

惣代らは継ぎがあったことに気づいたが、何気ない様子で、雑談をしながら布団を敷いた。

命助は布団の上に座り、袂の紙を出した。

惣代らは命助を囲み、四方から紙を覗き込んだ。

喜平治の文にはまず、十月六日に遠野侯南部弥六郎の罷免が解かれたことが書かれていた。

惣代らは歓喜の声を出すまいと口を掌で覆った。

続いて、利済の側衆らは十一月にも罷免されるようだとあった。

小野は深く肯いた。

城内の事情に詳しい者から聞きだしたようで、交渉役は十月十三日に仙台入りをするということまで記されていた。

そして、交渉役らの名前も。

筆頭は遠野侯南部弥六郎。そのほか大目付や側衆頭などの名があった。

惣代らが驚いたのは、利済の側衆である田鎖茂左衛門《たぐさりしげざえもん》の名があったことだった。

もしかすると、利済から遠野侯へのお目付役としてつけられたのかもしれない——。


惣代たちは眉をひそめた。

「わたしの顔を知っている者もいる」

小野は囁《ささや》くような声で言った。

惣代の交代ができれば、それに紛れて盛岡領へ戻ることもできるが、仙台城下に入ってからは禁じられたのでそれもできない。

「ならば、喜平治に頼んで芝居を打ちましょう」

命助も小声で返した。

喜平治からの文は、全員が読み終えると、命助が細かく千切って飲み込んだ。

命助は寝る前にたせを廊下に呼び、明日、町に出て買い物をしてほしいと頼んだ。

そして小声で喜平治への伝言を伝える。

たせは、買い物の品物を復唱して、小間使い部屋へ戻った。

＊　＊

翌日、喜平治が慌てた様子で惣代らの宿泊する家に飛び込み、告げた。

「大槌の甚五郎《じんごろう》の嫁ぁ《かか》が急な病で倒れたから迎えに来やした」

大槌の甚五郎とは、小野の偽名である。

同心の一人が佐々木の指示を仰ぐために城に走った。

待つこと小半刻（約三〇分）、

「郷に帰る分には問題はないとのことだ」

「へへっ。代わりにあっしが入りやす」

喜平治が言うと、同心は嫌な顔をして、

「それが許されるかどうかは、後ほど佐々木さまがいらした時に沙汰があろう」

と答えた。

小野は妻が急病になった百姓を演じ、慌ただしく家を出ていった。

見送りに出た惣代らに力強い視線を巡らせて、

「後は頼む」

と言って駆けだした。

命助は、その後ろ姿を見送りながら、一揆が終わったら小野はどうするつもりだろうと考えた。長く一緒にいたがそういう話はしたことがなかった。

誰かの引きで城に戻るのか、それとも浪々の身のまま過ごすことになるのか——。

領内の一揆衆を渡り歩き、一揆の手ほどきをするかもしれない。

命助は、できれば城に戻ってほしいと思った。一揆衆と行動を共にした侍が役につけば、藩政改革の有用な意見を述べることができるはずだ。

相手は浪人とはいえ、侍であったが、命助は友と別れたような寂しさを感じるのだった。

六

遠野侯南部弥六郎ら盛岡藩の交渉役は、十月十三日、仙台に入った。従者には弘化四年の一揆のおりに一揆衆との交渉に当たった遠野南部家家老、新田《にった》小十郎《こじゅうろう》もいた。

弥六郎はこの年三十五歳。命助より一つ上であった。

若き遠野侯は、仙台藩藩主――、この年二十九歳の恰幅《かっぷく》のいい伊達慶邦や奉行（仙台藩は家老を奉行と呼んだ）らを前に、平謝りに謝った後、一揆衆の処置について語ろうとした。しかし、仙台の奉行らはそれを遮って、盛岡藩の失政のせいでこのたびの一揆ばかりではなく、幾多の迷惑をかけられていることを口々に語った。

盛岡藩の失政は、元の藩主利済が重商主義を推し進めたことに始まり、院政を布いている現在まで続いている。倹約で財政難を押し切ろうという考えの藩士らは、利済とその側衆らを悪し様に言う。

しかし、弥六郎は、政の失敗を利済やその側衆らのせいばかりとは考えていなかった。

では、なぜそれを止められなかったのか？

弥六郎の場合は、重商主義に『もしかしたら、財政難を切り抜けてくれるかもしれない』という期待を持っていたからだった。なかなか効果を表さなかったが『もう少し我慢すれば』と考えているうちに泥沼にはまってしまった。

もっと早くに諫められなかった自分にも責任の一端はある。

利済と側衆を声高に非難する者たちの多くが、彼らの耳に届かない場所で勢いがよく、面と向かっては何一つ語れないような者たちばかりであった。

遅きに失したが、諫めるために利済のもとを訪れた、心ある家臣らが罷免となった――。

実際に行動を起こさないくせに、自分は反対したのだと言う者は卑怯である。

ならば、盛岡藩の失政の責任は、藩の士分ら全員が負わなければならない。

その代表として、自分は今、仙台にいる。

ならば、針の筵《むしろ》に座るように苦しくとも、自分は耐えなければならない——。

弥六郎は「仰せられること、ごもっともでございます」と、口答えせず聞き役に回った。

初日は、仙台藩からの苦情を聞くことに終始し、弥六郎が交渉を切り出すことはなかった。

翌日、弥六郎はやっと発言の機会を得ることができた。

弥六郎は、保留となっていた十二箇条の交渉は全権を委《ゆだ》ねられていること。自分の他にも楢山五左衛門ら罷免されていた者らが復職したこと。悪政に加担した諸士二百名余りの罷免が決まったことなどを話した。

仙台藩の奉行らは、無表情のままそれを聞き終えると、

「そもそも、それらのことはすべて盛岡藩の失政によるもの」

と、昨日からの苦情を繰り返し、果ては、

「三閉伊に一揆の頻発するは、盛岡藩に統治する力がないからであろうと存ずる」

と言い出した。

弥六郎は、一揆衆が三閉伊を仙台領にしてほしいと申し出たという話を聞いてい

たから、『なるほど、仙台藩はそれを本気で検討しているのか』と思った。

何人かの奉行が代わる代わる、三閉伊の統治を諦めてはどうかと言い出し、

「そうすれば一揆はすぐにも収束するから、一度国にお帰りになり、そのことについて評定なされてはいかがか」

と提案した。

「いえ。盛岡藩は、これから藩政の大改革をいたします。民百姓の言い分をよく聞き、いかにすれば暮らしやすくなるのか熟考し、政をして参る所存でございます。三閉伊の民百姓も、納得できる政を必ずや実現いたします」

弥六郎が言うと、嘲笑《ちょうしょう》を浮かべた奉行が、

「一揆怖さに民百姓におもねるのでござるな」

と言った。

弥六郎は、かっと頭に血が上ったが、膝の上で拳を握りしめ、堪えた。後ろに控えた大目付らの小さな唸りが聞こえた。

「それは言い過ぎでございましょう」

と口を挟んだ男がいた。

但木土佐《ただきとさ》である。この年三十七歳。後に、戊辰《ぼしん》戦争を戦う奥羽越列藩同盟を立ち

上げることになる男であった。

「弱い立場の者に対して居丈高に物を言い、辱めるのは、果たして武士のすることでございましょうか」

但木の言葉に、ほかの奉行たちは顔を強張《こわば》らせた。

弥六郎は、盛岡藩の味方になってくださる方がいたと、思わず涙がこぼれそうになった。

「唐丹への越訴以来、一揆衆の訴えを聞き、三閉伊を我が物とする好機と喜んでいる方々も御座しますようで。しかし、そんなことをすれば、仙台藩は弱り目に祟《たた》り目の盛岡藩から領地を奪ったと、末代までの笑いものとなりましょう」

但木はちらりと藩主慶邦を見た。

慶邦は表情を変えなかったが、小さく肯いたように弥六郎には思えた。

「今、日本は次に異国船が訪れたら、どのように対応すればよいかを真剣に考えなければならない時。メリケンの船には強力な大筒が積まれているとのこと。そういう武力を持つ相手に、日本は一丸となって対さなければならぬのではございますまいか。そんな時に、隣藩の領地を奪うの奪わぬのというさもしい話をしているのは、いかがなものかと存じます」

但木は居並んだ奉行らを見回した。

いずれも視線をはずしてなにも言わない。

「拙者の申すことに、なにもご意見はございませぬか——。されば、南部弥六郎さま。思う存分、思いの丈を語られよ。弱った鹿を寄ってたかって食い殺そうという獣は、ここにはおりませぬゆえ」

但木は微笑んだ。

弥六郎は平伏した。

そして顔を上げると、一揆衆の惣代らとどのような交渉をするかを語り始めた。

＊　　＊

その日の夕刻、久しぶりに佐々木が惣代らの泊まる家を訪れた。なにやらずいぶん疲れたような様子だった。

広間に座り込むと、佐々木は口をへの字に曲げて、

「お前たちとの交渉役、お役御免となった」

と言った。

「どういうことでございます？」

命助は身を乗り出した。

「これからは但木土佐さまが交渉役だ」

佐々木は投げやりに言った。

「但木土佐さま――」

「お前たちの言い分を入れて、複数のお奉行らが三閉伊を仙台領にしようとなさっていたが、今日の交渉で但木土佐さまにひっくり返された」

「なんと……」

惣代らは顔を見合わせた。

「弱い者いじめはもってのほかと仰せられたそうだ。お上《かみ》もそれをお認めになった。それでわたしはお役御免だ」

つまり佐々木は三閉伊を手に入れようとしていた奉行の手先であったということかと命助は思った。

しかし、但木土佐さまはなんのつもりで、三閉伊を仙台領にする目論見を潰した？

盛岡藩の味方をして、なんの得があろう？

但木土佐さまが、我らと盛岡藩との交渉に口を出すことになれば、思ったより難しくなるやもしれない——。

「但木さまは盛岡藩の味方をするおつもりらしいゆえ、お前たちは心してかかれよ」

佐々木はそう言うと立ち上がり、ぶつぶつと文句を言いながら広間を出ていった。

「どうする、命助」権之助が言った。

「なにやら風向きが変わってきたな」

言って、権之助は慌てて自分の口を掌で覆った。

「大丈夫だ。佐々木さまが知らせてくれた話について語っているだけだから、誰に聞かれようとも関係はない」

「そうだな……」

しかし、権之助の表情には、佐々木の話を聞いた影響か、焦りの色があった。

「侍など、誰でも一緒だ」多助が言った。

「我らは我らの主張をし通すのみ」

「多助の言うとおりだ」命助は言った。

「盛岡藩のお歴々の中で、遠野侯がもっとも話が分かるお方として、交渉役をぜひともと求めた。そのほかの者たちでは融通がきかぬ。我らの選択は間違ってはいない。それに、我らの思いはすでに、盛岡藩に藩政改革を断行させるというものに変わっている。ならば、三閉伊を仙台藩にしてほしいという要求がはねられても、屁でもない」

「うむ……。そうだな。確かにそうだ」

権之助は自分を納得させ、安心させるように何度も肯いた。

多助ばかりはむっつりと黙り込んでいた。

「ともかく我らは、こちらの要求を訴え続けるだけだ」

命助は一同を見回した。

多助以外の惣代らはじっと命助を見つめて「応っ！」と答えた。

第五章

一

南部《なんぶ》弥六郎《やろくろう》が一揆《いっき》衆の惣代《そうだい》が宿泊する家を訪ねたのは、佐々木《ささき》がお役御免を伝えに来た翌日、十月十五日のことであった。

噂に高い遠野侯と間近に接することなど初めてであったから、昨日の夜の勢いは失《う》せて、惣代らは平伏して迎えた。

上座に弥六郎と但木土佐《ただきとさ》が座り、随行の者たちがその脇に並んだ。庭先に蹲踞《そんきょ》している者たちも十数人いた。

「皆、面を上げてくれ」

という声に、惣代らは顔を上げた。

「但木土佐どのも同席いただく」

と言ったのが弥六郎であると惣代らは判断した。

但木土佐は鷹揚《おうよう》に顎《あご》を引いた。

命助《めいすけ》は、自分と一つしか歳が違わないはずなのに、弥六郎の全身から滲《にじ》み出す迫力はなんだろう――と、弥六郎の存在感に気圧《けお》された。

隣の但木土佐も負けず劣らずの迫力であった。

「色々と苦労をかけてすまなかった」弥六郎は詫《わ》びを言って頭を下げた。

「その方らのお陰で、役に復帰することもできた。その礼も言うておこう」

惣代らは「もったいのうございます」と言って再び平伏する。

「お互い、頭を下げてばかりでは話が進まぬな――。まずは名乗り合おうか。わたしは南部弥六郎だ」

次いで権之助をはじめ、惣代が名乗り、座敷に座った面々が名乗った。いずれも静かな口調であったが、田鎖茂左衛門《たぐさりしげざえもん》だけは怒鳴り声に近かった。

「まずは、拙者に話をさせていただきとうございます」

全員が名乗り合った直後、茂左衛門が口を出した。

元藩主利済《としただ》と共に悪政を行っていた茂左衛門が言いたいことであれば、一揆衆に対する恨み言、民百姓への罵倒《ばとう》であろうと惣代らは思った。初っぱなにそんなことを言われれば、険悪な雰囲気の中の交渉となるのは目に見えているが――。弥六郎はなにを思ったのか小さく肯《うなず》いた。

「しからば――」茂左衛門は交渉役の人々に一礼して膝《ひざ》で少しだけ前に出る。

「己らは、国というものをどう考えておる？　国があるからこそ、民百姓は生きていける」

「それは違いましょう」最初に口を開いたのは多助だった。

「国が増税を行い、新税も設けて、さらに御用金を搾り取るから、我ら民百姓は困窮しております。国がなければ、我らはもっと豊かに暮らせます」

「国があるからこそ、饑饉《ききん》の時にはお救い米が出る。国があるからこそ、水争い、その他訴訟ごとの仲裁がある。国がなければ、力の強い者だけが我が物顔で闊歩《かっぽ》する世となる」

「国はその我が物顔で闊歩する強い者ではありませぬか」

「当然であろう。一番強い者が睨《にら》みを利かせておかなければ、世は乱れる。だからこそ、御公儀があり、諸国は大名が治める――。また、隣国が領地を奪おうと戦を仕掛けてくることもある」茂左衛門はちらりと但木を見る。

「そうならぬよう、侍が国を守る。お前たちが知っているかどうかは分からぬが、日本は今、諸外国から国土を狙われている。言葉が通じる者どうしならば、このように交渉もできようが、お前たちは異国の者らと交渉ができるか？　海防のために財源を確保しなければならぬ。だから御用金を命じる。そのほかにも、増税や新税には理由があるのだ。その理由も知ろうとせずに、民百姓は金を出すのが嫌だと言う。そして己らは、国の土地を隣国に売ろうとまでした」

「話の矛先が、あっちこっちに向きまするな」命助が口を挟む。

「新税、増税、御用金がいずれも必要なものであるならば、なぜ我らの願いを三十七箇条まで認めたのでございましょう。あの中には税、御用金の廃止を求めたものもございます。田鎖さまはおそらく、各所において人員が増やされたことについても、必要があってと仰せられるでしょうが、人員の削減まで認めていただいております。税にしろ、人員にしろ、削れると判断なされたから、我らの願いを聞き届けていただいたのでございましょう。それとも、またしても口先だけの約束で、我らが郷《さと》に戻ったならば反故《ほご》にするおつもりでございましょうか？　だから三十七箇条もお認めになったので？」

「なにを申す。必要だから税をかけるし、御用金を命じるのだ。税収が見込めなくなっても、必要なものは必要なのだ。どこからか捻出《ねんしゅつ》しなければならぬ。お前たちの要求を飲み、税や御用金を廃止することによって生じる不足分は、我ら士分が身銭を切るのだ」

「切ることができる身銭があるのはよろしゅうございますな。三閉伊《さんへい》の民百姓はもはや骨と皮ばかりで、切り取る身もございません」

命助は唇を歪《ゆが》める。

「お前たちは士分ならば裕福な暮らしをしていると思っているだろうが、下の者たちは爪に火を灯《とも》すような暮らしをしておる。お前たちは、自分たちの安楽を求めるために、そういう者たちをさらに困窮させるのだぞ！」

茂左衛門の言葉に、多助がたまりかねたように怒鳴った。

「だったら、そういう奴らの分を、城下にでかい屋敷をもっている奴らが肩代わりしてやりゃあいいじゃないか！　税にしろ御用金にしろ、たんまりと銭を持っている奴に重く、貧困に苦しむ者に軽くってのが、仁政じゃないのか！　上から下まで、同じ割合で俸禄《ほうろく》を返上すれば、俸禄が高い奴らは屁《へ》とも思わないだろう！　田鎖さま、あんたもそういう侍の一人だろうが！」

「なにを！」

茂左衛門が大刀を持って立ち上がる。

「痛いところをつかれると、斬ろうとするかい！」多助も立った。

「斬れるもんなら斬ってみやがれ！　ここは仙台さまの土地だぜ！」

庭にいた侍らが慌てて座敷に上がり、茂左衛門と多助の間に割って入った。

惣代らも立ち上がり、侍たちと睨み合いになる。

「これでは交渉にはなりませぬな」命助が鋭く言う。

「遠野さまは、なぜ田鎖さまにお話をさせたのでございます？　交渉をぶち壊しにするおつもりか！」

「田鎖どの。お座りなされ」

弥六郎は穏やかに言った。

茂左衛門は多助を睨みつけたまま、それでも弥六郎の言葉に従った。

権之助が多助を無理やり座らせる。

弥六郎は、茂左衛門を怒らせることで、こちらに脅しをかけてきたのか？

だとすれば、弥六郎を交渉相手に選んだのは見込み違い。心ある政《まつりごと》をしていたと思っていた遠野侯も、ただの侍であったか――。

命助は弥六郎を睨んだ。その視線に気づき、弥六郎は命助に顔を向ける。

「命助とか申したな。この度の一揆で、その方らは盛岡藩の侍と対峙《たいじ》したか?」

弥六郎は訊いた。

「葛巻《くずまき》さま、堀江《ほりえ》さまと対峙いたしました」

命助は弥六郎の問いの意図が分からず、小首をかしげた。

「仙台の方々にさんざん罵倒され——」そこで弥六郎は但木に一礼した。

「萎縮した者たちではなく、お前たちの所行を腹の底から怒り、それを剝《む》き出しにした侍と対峙したことがあるのかと訊いているのだ」

「いえ……」

「そうであろう。いきり立った侍と対峙したのは、その方らに呼応し一揆を起こして、女遊部《おなっぺ》でこちらの兵に鉄砲を放たれた者たちだけだ。その方らは数と勢いで盛岡藩の兵を追い散らした。面と向かって話はしておらぬ。だから、交渉相手の気持ちを知っておいた方がよかろうと思うてな」

弥六郎がそう答えた時、庭から手を叩《たた》く音が聞こえた。

座敷の者たちは、庭に目を向ける。

襷《たすき》掛けをしたたせが立っていた。

「それはちゃんと知らせておいた方がいいよ」たせはのんびりした口調で言う。

「この人らは侍と同じで、目的のためには手段を選ばない。もう切羽詰まって、どうしようもない状況だってのを言い訳にして、なにをやっても許されると思ってるんだ。だから、おらのような女も、年寄りも、子供も引っ張って、行列の仲間に加えた」

「途中で帰したろうが」

権之助が言い返す。

「帰すくらいなら、最初から引っ張らなきゃよかったんだよ――」たせは権之助に言い返し、弥六郎に顔を向けた。

「遠野さま。侍も言いたいことは言った方がいい。あたしも言いたいことは言った。この人らと侍の違いは、聞く耳を持っているってことだ。ちゃんと話せば侍の言い分も理解すると思うよ」

「ふむ」弥六郎は肯いた。

「お前も一揆衆か?」

「おらは飯炊き女だ。この人たちが、どんな一揆を起こし、どうやってけじめをつけるのか見届けるためについて来たが――。今は一揆衆と言ってもいいかもしれない」

「そうか。ならば聞け。お前たちは卑怯《ひきょう》だ」

「なんだと！」

　多助はいきり立つ。

「盛岡藩と対峙することなく、仙台藩に越訴《おっそ》することによって、己らの主張を通そうとした」

「それは、盛岡藩が嘘をつきつづけて来たからでございます」命助が答えた。

「盛岡藩は、いつもいつも、民百姓と約束したことを勝手に反故にし続けた。だから、間に仙台藩に入っていただいたのでございます」

「一揆は大罪。大罪人との約束など――」

　言いかけた茂左衛門を、弥六郎が手で制した。

「田鎖どの。そこまでだ。思うところをそのままぶつけては、交渉にならぬことは分かったであろう」

　その言葉に、茂左衛門は小さく肯いた。

　弥六郎は命助に目を向ける。

「今聞いたのが、大方の士分が考えていることだ。お互いの腹の中にある鬱憤《うっぷん》を吐き出しているばかりでは、埒《らち》があかぬことが分かろう。その方も、多助とやらによく言い聞かせてほしい」

なるほど。弥六郎は、交渉の妨げになりそうな意見を言う者に釘《くぎ》を刺すためにわざと茂左衛門に意見を述べさせたか――。

「遠野さまにも鬱憤がおありで？」

命助は訊《き》いた。

弥六郎は微苦笑して、「ないわけではない」と答えた。

「では、弥六郎さまも卑怯者でございますな。ご自身の心を露《あら》わになさらない」

「それが交渉役だ。わたしの気持ちなどどうでもよい――。まず、今日は顔合わせ。もっと鬱憤を吐き出したければ、もう少し日をとってやってもよいが、どうする？」

「いえ。互いの鬱憤は脇に置いて、交渉を始めましょう」

「いがみ合うのは今日まで。互いに今日これから頭を冷やし、明日からは冷静に話を進めよう」

言うと、弥六郎は立ち上がった。

惣代らは平伏して交渉役の面々を見送った。

二

翌日、十月十六日。惣代らが朝餉《あさげ》を済ませてしばらくすると、交渉役らが現れた。たせは台所から出て、庭の隅に控えた。

昨日激昂《げっこう》した田鎖茂左衛門と多助は、ぶすっとした顔はしていたが、おとなしく交渉の座についた。

開け放たれた障子の向こうで、赤く染まった桜の葉が、はらりはらりと舞っていた。

「まず、こちらから伺いたいことが幾つかございます」

「なんなりと問うがよい」

「我らは、この件に関するお沙汰《さた》は、仙台さまより受けると申し上げて参りましたから、但木さまにお答えいただきとうございます」

「なんだ？」

但木は笑みを浮かべる。

「三閉伊を仙台領にしていただきたいという願い、却下なされたと耳にいたしました」

「目付の佐々木からか？」

「はい。その真意を伺いとうございます」

「お上には、弱り目に祟《たた》り目の盛岡藩の弱みにつけ込み、領地を増やしたのでは末代までの笑いものとなりましょうと申し上げたが――。その方らの思いを汲《く》んだつもりでおる」

「我らの思い？」

「その方らが、まず上有住《かみありす》に移り住もうと画策したことは分かっている。百姓は、先祖代々耕してきた土地がある。漁師も同様、永く受け継いだ漁場があろう。それを捨ててまで他国に移り住もうという決心は、相当なものであろう。しかし、その方らの願いはしだいに変わっていった。唐丹《とうに》に着いた時には、三閉伊を仙台領にしてほしいという。つまりは、先祖代々の土地、漁場を手放したくないということだ。違うか？」

「その通りでございます」

「その方らには二つの目論見《もくろみ》があったのではないかとわたしは考えた。一つは領地拡大という餌をぶら下げて、仙台藩を一揆に巻き込もうという目論見だ。仙台の奉行らの多くはまんまとそれに引っかかり、盛岡藩に難癖をつけて、三閉伊の土地を得ようと欲を出した。そのことで、仙台藩はこの一揆に深く関わることになった。もう一つの目論見については、南部どのに語ってもらった方がよかろう」

但木は弥六郎に肯いた。

「ご配慮、ありがとうございます」弥六郎は惣代らの顔を一人一人見つめながら話し始めた。

「三閉伊は、夏は海からの霧が深く寒くて、作物の実りも悪い。しかし、そんな中でも幸《さきわ》いはあったのではないか？　だからこそ、先祖代々、あの土地に住み続けた。そして、その土地を仙台領にしてほしいと訴えた――。それは、盛岡藩に対する警告ととらえた。本腰を入れて藩政を改革しなければ、我らは仙台領の民になるぞとな」

「おれたちは本気だ！」多助が叫んだ。

「警告などではない！　本気で三閉伊を仙台領にしてほしいと訴えたのだ。貧しい者から銭を搾り取る盛岡藩に愛想をつかしたのだ！」

「お前たちに報恩の思いはないのか！」

茂左衛門が怒鳴った。

「報いる恩など受けてはおらぬわ！」

多助が怒鳴り返す。

「まぁ、二人とも、落ち着け。昨日のうちに頭を冷やせと言うたであろう」

弥六郎の言葉に、二人は渋々口を閉じた。

弥六郎は命助に顔を向け、ゆっくりと口を開いた。

「ならば、問う。命助よ。なぜ四十九箇条の要求を出した？」

その問いを聞き、命助は南部弥六郎という男は、深くものを考えていると知った。

この男を交渉役に選んだことは誤りではなかった――。

「あれはすべて」弥六郎は続ける。

「藩政の改革に関するものばかりだ。盛岡藩に愛想をつかしたのであれば、要求など出しはせんだろう」

「あれが、我らの報恩でございます」命助は頭を下げた。

「民百姓が住みやすい国を作るための第一歩。僭越《せんえつ》ながらそれを提案させていただきました」

「そうであろうと思うた」弥六郎は何度も肯いた。

「この報恩に気づかなければ、お前たちは本当の愚か者だ――。要求書を読んだ時、わたしはそう言われて喉元《のどもと》に鋭い刃《やいば》を当てられた気がした」

「ならば、保留となっている十二箇条の要求も認めていただけるのでございましょうね」

命助の問いに、弥六郎はにやりと笑った。

「抜け目がないな。泣き落としで、残り十二箇条は保留のまま曖昧《あいまい》にしてしまおうと思うておったのに」

「遠野さまは、正直でございますな」

命助は笑った。

「第二十条の御十分一御役の件、第二十五条の御十分一鮪網《まぐろあみ》が一手請負になっている件については今も城で揉《も》めておるから、しばし待て。それ以外は先に申し付けがたいと答えたものを除きすべて免除とする」

惣代らは「おおっ」と声を上げた。

「だから、盛岡領に引き上げてはもらえぬか」

「ここでお約束しても、また遠野さまがお役御免になれば、約束を反故にされかねません」

「そうならぬようにと、仙台藩を巻き込んだのであろう」但木が言った。

「万が一、盛岡藩が約束を違《たが》えることがあったならば、我が藩に申し出よ。今のところ、こちらの内報は久世大和守さまの所で止めておるが、それを公にいたそう。そうなれば、仙台藩も胸を張って、虐げられる三閉伊は我が藩で面倒を見ると申し出ることができる」

「ありがとうございます。仙台さまの後見があれば安心でございます」

命助は居住まいを正して、

「それでは、あと幾つかお願いがございます」

と言った。

「調子に乗るでない！」

茂左衛門が叫ぶ。

「よい。申してみよ。叶《かな》えられるものであれば叶えよう」

弥六郎は言った。

「まず、税や年貢の上納については、直接お城に納めとうございます。代官を通せば必ず搾取がございます」

「うむ――。それでは、代官が搾取できぬように仕組みを変え、もしそれでも搾取があれば、訴えるということにしてはどうだ？」

「では、必ず、仕組みを見直していただきとうございます——。次の願いは、三閉伊通の民百姓の借財についてでございます。税や御用金を支払うために、多くの者が借金に苦しんでおりますれば、これを三十箇年賦にしていただきとうございます」

「三十箇年賦とはまた、大きく出たな」

弥六郎は呆《あき》れた顔をする。茂左衛門は顔を真っ赤にして怒りを抑えている様子だった。

「それについては、三閉伊にだけ徳政令を出すわけにもいかぬ。貸し主に、催促させないということで手を打たぬか」

「承知しました。次に、この度の越訴の一揆衆についてでございます。後々、お召し取りにならぬよう、お墨付きをいただきとうございます」

「命が惜しいか」

茂左衛門が嘲《あざけ》るように言った。

「惜しゅうございますとも」命助は答えた。

「だからこそ、惣代を入れ換え、偽名を使い、頭人《とうにん》が誰であるか分からぬようにいたしました」

「なるほど」但木が言った。

「役人が上げてくる名簿の名前が時々食い違っておったのは、偽名を使うておったからか」

「侍は腹を切って責任をとったり、上を諫《いさ》めたりするようでございますが、民百姓はそのようなことはいたしません。自分が死ねば、家族がどれほどの苦労を強いられるかを考えます。だからこそ、先に帰った一揆衆から万が一の時の念書をとりました。盛岡藩は今まで、一揆の頭人を処罰しないと約束しながら、結局は捕らえて処刑してしまいます。昨日、田鎖さまが仰せられたように、大罪人を騙《だま》すのは構わぬというお考えでございましょう。ですから、お墨付きをいただきたいのでございます」

「わたしが保証するというのでは駄目なのだな」

弥六郎は少し悲しそうな顔をした。

「民百姓は、口約束で酷《ひど》い目に遭《お》うておりますれば」

「よし、分かった。では互いに一札を取り交わそう」

弥六郎は大目付の和井内作右衛門《わいないさくえもん》に肯いた。

和井内は隣室から文机《ふづくえ》を二つ持ってきて、一つは命助の前に置き、もう一つの前に自分が座った。

二人は紙に筆を走らせる。

命助は盛岡藩に対する承諾書と仙台藩に対する礼状をしたため、末尾に〈四十五人〉と書き、墨印を押した。

和井内は、この度の一揆の頭人らを捕らえることはないから、安心して帰村するようにという一札を書き、自身の署名の脇に同輩の鳥谷部《とりやべ》嘉助《かすけ》に署名させ、弥六郎に渡した。

弥六郎は文を確かめ、前書の通りに相違ないとしたため、署名捺印《なついん》した。

命助は一通を弥六郎に、もう一通を但木土佐に手渡す。

弥六郎のお墨付きは権之助が受け取った。

「時に、命助。その方、盛岡に来て藩政の改革を手伝うつもりはないか？」

命助はもちろん、惣代らや盛岡藩の交渉役らは驚いた顔で弥六郎を見た。

「これ以後、盛岡藩内の一揆は起こらぬなどと甘いことは思っておらぬ。おそらく、その方らを見習うて、あちこちで一揆が起ころう。我らはその度に、今回のように一揆衆と膝をつき合わせて交渉するつもりだ。民百姓の考えを吸い上げ、藩政に生かす。これからはそのようにせねばならぬと思う。その時にも、お前のような男がいれば、民百姓と為政者をうまく繋《つな》ぐことができると思うが、どうだ？」

「ありがたきお言葉でございますが――」命助は照れたように笑う。「手前には、栗林村に妻子がございます。それに、本家の息子がまだ幼く、そちらの暮らしも支えなければなりませぬ。すぐにでも栗林に戻り、冬の備えをいたします」

「そうか――」

弥六郎は深い溜息《ためいき》をついた。

「目安箱を置いて民百姓の言葉を聞こうとしている国は多うございますが、民百姓と直接交渉をしようとする国は盛岡藩ばかりかと存じます。そういうお気持ちを持つお方が上に立たれるならば、盛岡藩は安泰でございましょう」

「安泰とはほど遠い」弥六郎は首を振る。

「やらなければならぬことが多すぎて気が遠くなる」

「泣き言を仰せられますな。民百姓から年貢や税を集め、それで食うている方の役割でございますれば」

「そうだな。泣き言はやめよう――。では、その方らも出立の準備があろう。我らも、仙台藩の皆さまに挨拶《あいさつ》回りをせねばならぬ。出立は四日後の十月二十日といたさぬか」

「承知いたしました」

命助が礼をすると、惣代らはそれに倣った。庭のたせも、土に額をつけた。

三

十月二十日。盛岡藩の交渉役は惣代らの泊まる家を訪れた。いずれも旅装であった。但木土佐の姿はなく、仙台藩の者は数人の役人ばかりであった。

弥六郎は四十五人に金二分を、田鎖茂左衛門は一貫文の銭を用意して、それぞれに与えた。たせも遠野家中の侍から幾らかの銭を与えられてそれを押し戴《いただ》いた。

「一緒に南部領に戻るか?」

弥六郎はにこやかに言った。

「それは御免こうむります」権之助が言った。

「侍と連《つる》んでいると思われれば、これから先がやりにくくなりますので」

「わたしは塩竈《しおがま》神社に額を献じてから帰ろうと思います」

命助が言った。

「塩竈神社に願を掛けたか?」

「仙台に移る途中に。道端からの祈願でございましたから、その失礼のお詫びをかねて」

「そうか。一緒に帰れぬのは残念だ。お前たちとはもっと話をしてみたい」

「帰りには遠野に寄り、改めてお礼を申し上げようと思っております」

「なるほど。では、それを楽しみにしておこう——。おとなしく帰れよ」

弥六郎はにやりと笑った。

猪又市兵衛の屋敷を破壊したことを言っているのだろうと命助は思った。

「この四十五人の中には、あのような狼藉《ろうぜき》を働くものはございませぬ」

命助は多助のことを心配したが、ちらりと目をやると小さく肯いていたので、とりあえず安心した。

惣代四十五人とたせは盛岡藩の交渉役と、少数の仙台藩の役人に見送られ家を出た。

一同はもらった金で家族らへの土産を買うために、仙台でも一、二を争う呉服屋の大店《おおだな》に寄った。店主は四十五人が一揆衆の惣代であることを知ると、その偉業を讃《たた》え、土産物はすべてただにした。

惣代らは、仙台の町の人々に声をかけられながら城下を出た。

ほかの者たちは颯爽《さつそう》と歩いているが、命助には不安があった。昨日あたりから、それが心の中に重く居座っているのである。

命助の足は遅くなり、それに気づいた権之助が近づいて来た。

「どうした。浮かぬ顔をして」

「うむ——。郷に戻れば皆の心が離れてしまうのではないかと思うてな。交渉はうまくいったが、そのあたりをうまく考えられなかった。それぞれの郷に戻っても、心の絆《きずな》を強く結んでいく方法を考えなければ、仲間割れや功名争いのために他人を陥れるなど、醜い諍《いさか》いが起こるやもしれない——。そういうところまで考えられなかったのは、失敗だったなと反省している」

「馬鹿か。お前は」権之助は呆れた顔をした。

「大きな事を忘れているぞ」

「なにを忘れているというのだ？」

命助は怪訝《けげん》な顔を権之助に向けた。

「お前、この一揆が初めてであろうが」

権之助が言った。

命助ははっとした。

確かに権之助の言うとおりであった。

前々から一揆の手立てなどは考えていたが、実際に加わったのはこれが初めてであった。

権之助は命助に目を向け、ちょっともじもじした様子を見せた後、意を決したように強くその肩を抱いた。

「小野《おの》さまはよく『我らは先人の屍《しかばね》の山の上に立っている』と仰せられていた。それは、先人が一揆を起こし、捕らえられ、無惨に処刑されていく中で積み上げられた知恵だ。侍らが、力で一揆をねじ伏せて我らを侮っているうちに、我らは知恵をつけたのだ。それは一揆衆のことばかりではない。頭人らも、一回一回の一揆で、知恵をつけている」

だとすれば――。日々、研鑽《けんさん》を積めば、いつかは小本の親爺《オドウ》のようになれるかもしれないと命助は思った。

「いやいや、一揆に関わるのはこれでしまいにしなよ」

後ろから声がした。たせであった。

「嫁や息子らに、これ以上心配をかけちゃいけないよ。あんたも言ってたじゃないか。本家の面倒も見なきゃならないって」

「そうだな」

命助は微笑んだ。

「それにしても」たせは言う。

「まだまだ安心はできない。遠野さまが、本当にお約束を守ってくださるかどうか、それを確かめるまでは枕を高くして眠れないね」

「今度は遠野さまを見張るか」

「遠野さまばかりじゃない。おらたちは、お上の命令に唯々諾々と従ってばかりじゃいけない。政を司《つかさど》る奴らを常に見張っていなきゃならない。そして、おかしいと思ったら、声を上げなきゃならない」たせは鹿爪らしい顔で言う。

「三閉伊の民百姓はずっとそれをやってきた。これから百年、二百年先も、その気持ちを忘れちゃならないと、おらはこの一揆で学んだ」

「なかなかいい事を言うじゃねぇか」権之助は嬉《うれ》しそうに言った。

「この一揆で育ったのは、たせが一番かもしれないな」

「まったくだ」

命助は大きく肯いた。

「お世辞を言われても、おらは調子に乗らないからね。おらも命助と同じ、働き頭だ。一揆の飯炊きはこれで最後。もし、遠野さまが約束を違えたら別だけどね」

「そうならぬように、塩竈の帰りに、釘を刺しておく。お前もおれも、憂いなく野良仕事ができるようにな」

命助は言って、故郷の方角の空を見上げた。

久しぶりに家族に会える。そう思うと命助の心は浮き立った。これほど長く家を空けたのは初めてだった。まさと定助《さだすけ》とは一度だけ顔を合わせたが、ほかの子らとは一揆に加担して以来会っていない。

定助はおれが長く留守にすることで頼りがいのある男になっていた。千代松《ちよまつ》、善太郎《ぜんたろう》、さと、ちきもまた、成長しているだろうか。戻ったら定助と酒を酌み交わそうか。そして、この国の将来について、語り合ってみたい――。

この数日後には雪が降り始めるのであるが、この日ばかりは目指す盛岡領の方角の空も、青く晴れて、山々の紅葉が照り映えていた。

＊　＊

果たして盛岡藩は、一揆衆との約束を守ったのか。

それについては翌年、田野畑の頭人と、刈屋村の頭人が、食事の世話になった気仙郡の肝入《きもいり》を訪ねた時の記録が残っている。

お礼の品の受け取りを断った肝入は、心配そうにその後のことについて訪ねた。

二人の頭人は、

「盛岡藩の御政道はすっかり改まり、四、五十年前から取られていた税もいっさい廃止されて、海防のための御用金も民百姓には命じられず、一揆衆も捕らえられることなく、家業に勤《いそ》しんでいます」

と答えた。

三閉伊一揆の後、小さな一揆は各地で起こったが、盛岡藩はすぐに役人を派遣して一揆衆と話し合いを持ち、藩政改革を行っていった。藩と領民の理想的な関係が築かれつつあったのだが——。

盛岡藩は、戊辰戦争の混乱に否応《いやおう》なく巻き込まれ、賊軍となった。

戦争の責任をとらされて藩は白石《しろいし》に転封。

しかし、南部家を盛岡へ戻せと訴える一揆が盛岡領の各地で勃然《ぼつぜん》として起こった。

藩と対立し、自分たちの土地を仙台領としてほしいと訴えた三閉伊の人々までが、南部家を盛岡に戻そうと動き出し東京に押し掛けた。

侍たちがいかに懇願しても叶わなかったことが、民百姓の一揆によって叶えられた。

ほどなく、南部家は盛岡に戻されたのであった。

為政者は民百姓を侮ってはならない――。

今は昔の物語である。

主な参考資料（順不同）

『森嘉兵衛著作集 第七巻 南部藩百姓一揆の研究』
森嘉兵衛 著 法政大学出版局 刊
『南部藩百姓一揆の指導者 三浦命助伝』
森嘉兵衛 著 平凡社 刊
『南部百姓命助の生涯』
深谷克己 著 朝日新聞社 刊
『楢山佐渡のすべて』
太田俊穂 編 新人物往来社 刊
などの書籍を参考にしましたが、物語でありますから、
曲解、拡大解釈をあえてしている部分があります。

解説

千原《ちはら》ジュニア（お笑い芸人）

この本の主人公である三浦命助《みうらめいすけ》という歴史上の人物を知ったのは、ある番組がきっかけだった。

その番組で、歴史学者300人に「日本を変えた偉人は誰か」を聞いたところ、298人はそれぞれの研究対象や立場から別々の人物を挙げたのだけれど、2名だけ、意見が一致した。それが三浦命助だった。

はじめは「誰やそれ？」だった。しかし、何をした人物かを知るとにわかに興味が湧いた。一万六千人を超える農民一揆《いっき》の先頭に立って、四十九箇条のほとんどの要求を、盛岡藩《もりおか》に呑《の》ませたというのだ。しかも命助の武器は〝話術〟――、芸人としてさらに気になる男になった。

坂本龍馬《さかもとりようま》が倒幕に動いたのは、三浦命助が率いた一揆が成功したからともいわれている。「うちらもできるんじゃないか」と思ったのだ。

そうだとしたら、確かに命助は偉人だ。日本の歴史を大きく変えるきっかけをつくった人といっていい。でもそんな人物ならなんで知られていないのか？　不思議に思ったが、この本に描かれているように、黒船が渡来したことで、歴史の大きな波にのまれてしまったようだ。タイミングがいいのか悪いのか……。そこも含んだ一揆行軍の様子が、この『大一揆』には描かれている。

舞台は、嘉永《かえい》六年。三浦命助は一揆初参戦にもかかわらず、巧みな話術で武士を翻弄《ほんろう》していく。

番組で知って以来、三浦命助についての本を読んだり、命助の子孫にあたる人にプライベートで話を聞きに行ったりはしていたが、一揆に対して深い知識があるわけではなかった。だから、行軍中の一揆衆の様子はなるほどと思わされた。一揆をする人たちは、みんなで一致団結して目的をひとつに頑張っていると思っていたけれど、全然一枚岩ではないのだ。確かに考えれば当たり前ではあるが、そこのリアリティが面白かった。逆に、一揆を起こされる側のほうが、何とか抑え込もうと一致団結するのかもしれない。

うちの会社も、去年ちょっといろいろありましたが、そういう視点でみると、一揆は面白い。たとえば芸人側と会社側に分けてみるとどうだろう。どちらが一枚岩だったかはわからないが……。

別に芸人でなくても、いろんな立場の人に置き換えられる話であると思うので、それを想像してみるのもいいかもしれない。

話術に長《た》けた命助は、身内も巧みにまとめていく。長い行軍で離脱しようかどうしようか迷っている者に向けて「帰りたい奴は帰ってええぞ」と言うのだ。帰ることが悪でもないし、残ることが正義でもない。それを、笑いを交えて呼びかけるシーンは非常に印象的だった。

実際問題、一万六千人が越境するのは現実的ではない。去る者の心が痛まないような言い方で、うまく一揆衆をコントロールし、誰にも血を流させずに要求貫徹を遂行していくのだ。

史実であり、この一揆の結末は歴史として残っている。言い方を変えれば、小説の結末も予想はつく。それがこういう歴史小説をエンターテインメントとして成立させる難しさだと思うけれど、この本はとても面白かった。

さらにいえば、三浦命助を知っている状態で読んでそう思うのだから、命助のことを知らない人は、より楽しめるのではないだろうか。

ちなみに、命助を知ったちょうどその頃、創作落語をつくっていた。命助を題材にして演目がつくれるかも、と思ったがその時は完成には至らなかった。この本を読んで、もう少し考えてみたいと思う。

＊本稿は単行本刊行時の二〇二〇年四月、ＫＡＤＯＫＡＷＡ文芸ＷＥＢマガジン「カドブン」に公開された書評を収録したものです。

本書は、二〇二〇年三月に小社より刊行された
単行本を加筆修正のうえ、文庫化したものです。

本作は歴史エンターテインメント小説であり、
一部史実とは異なります。

大一揆《だいいつき》

平谷美樹《ひらやよしき》

令和5年 3月25日 初版発行

発行者●山下直久

発行●株式会社KADOKAWA
〒102-8177 東京都千代田区富士見2-13-3
電話 0570-002-301(ナビダイヤル)

角川文庫 23594

印刷所●株式会社暁印刷
製本所●本間製本株式会社

表紙画●和田三造

ISBN 978-4-04-113399-6 C0193

◇◇◇

角川文庫発刊に際して

角川源義

第二次世界大戦の敗北は、軍事力の敗北であった以上に、私たちの若い文化力の敗退であった。私たちの文化が戦争に対して如何に無力であり、単なるあだ花に過ぎなかったかを、私たちは身を以て体験し痛感した。西洋近代文化の摂取にとって、明治以後八十年の歳月は決して短かすぎたとは言えない。にもかかわらず、近代文化の伝統を確立し、自由な批判と柔軟な良識に富む文化層として自らを形成することに私たちは失敗して来た。そしてこれは、各層への文化の普及滲透を任務とする出版人の責任でもあった。

一九四五年以来、私たちは再び振出しに戻り、第一歩から踏み出すことを余儀なくされた。これは大きな不幸ではあるが、反面、これまでの混沌・未熟・歪曲の中にあった我が国の文化に秩序と確たる基礎を齎らすためには絶好の機会でもある。角川書店は、このような祖国の文化的危機にあたり、微力をも顧みず再建の礎石たるべき抱負と決意とをもって出発したが、ここに創立以来の念願を果すべく角川文庫を発刊する。これまで刊行されたあらゆる全集叢書文庫類の長所と短所とを検討し、古今東西の不朽の典籍を、良心的編集のもとに、廉価に、そして書架にふさわしい美本として、多くのひとびとに提供しようとする。しかし私たちは徒らに百科全書的な知識のジレッタントを作ることを目的とせず、あくまで祖国の文化に秩序と再建への道を示し、この文庫を角川書店の栄ある事業として、今後永久に継続発展せしめ、学芸と教養との殿堂として大成せんことを期したい。多くの読書子の愛情ある忠言と支持とによって、この希望と抱負とを完遂せしめられんことを願う。

一九四九年五月三日

角川文庫ベストセラー

採薬使佐平次　平谷美樹

採薬使佐平次　将軍の象　平谷美樹

採薬使佐平次　吉祥の誘惑　平谷美樹

江戸城　御掃除之者！　平谷美樹

江戸城　御掃除之者！　地を掃う　平谷美樹

大川で斬死体が上がった。吉宗配下の御庭番にして採薬使の佐平次は、探索を命じられる。その死体が握りしめていたのは、ガラス棒。一方、西国でも蝗害の被害が報告されており……享保の大飢饉の謎に迫る!!

吉宗配下の佐平次は、長崎から2頭の象を運ぶことを命じられる。一旦白紙になっていたはずの象の輸入。船長代理の清国人と会見した彼は、裏に老中をはじめとした各藩の将軍失脚を狙う企みを嗅ぎ取る。

花街で続く不審死。佐平次は、死因が中毒死だと突き止め、犯人を捜すことに！　日本最古のアダルトショップとされる四ツ目屋や津軽藩、宗春など犯人と目される者たちが次々に現れ、佐平次の行く手を阻む！

江戸城の掃除を担当する御掃除之者の組頭・山野小左衛門は極秘任務・大奥の掃除を命じられる。精鋭7名で乗り込むが、部屋の前には掃除を邪魔する防衛線が築かれており……大江戸お掃除戦線、異状アリ！

御掃除之者の組頭・小左衛門は、またも上司から極秘の任務を命じられる。紅葉山文庫からある本がなくなったというのだ。疑わしき人物を御風干の掃除に乗じて誘い出そうとするのだが……人気シリーズ第2弾

角川文庫ベストセラー

江戸城　御掃除之者！
玉を磨く
平谷美樹

「本丸御殿の御掃除をわれらに任せよ」。目安箱に投函された訴状をきっかけに、御掃除之者と民間掃除屋の御掃除合戦が勃発！　その裏には将軍位争いに遺恨を持つ尾張徳川家の影が……人気シリーズ第3弾！

よこやり清左衛門仕置帳
平谷美樹

天保十二年師走、火付け犯として材木問屋の手代が捕らえられた。手代は無実を訴える一方で、挙動が落ち着かない。鍵番清左衛門は真犯人が別にいると踏み、与力や同心によこやりを入れ独自探索を始める――。

主殺し
よこやり清左衛門仕置帳
平谷美樹

主殺しで蠟燭屋の手代が捕まった。現場の状況を不審に思った定廻同心の左馬之介は牢屋同心の清左衛門に報告。やがて殺された勝右衛門の過去の因縁に起因する悲しい結末に辿りつく。早くもシリーズ2巻！

戦国秘譚
神々に告ぐ　(上)(下)
安部龍太郎

戦国の世、将軍・足利義輝を助け秩序回復に奔走する関白・近衛前嗣は、上杉・織田の力を借りようとする。その前に、復讐に燃える松永久秀が立ちふさがる。彼の狙いは？　そして恐るべき朝廷の秘密とは――。

彷徨える帝　(上)(下)
安部龍太郎

室町幕府が開かれて百年。二つに分かれていた朝廷も一つに戻り、旧南朝方は逼塞を余儀なくされていた。幕府を崩壊させる秘密が込められた能面をめぐり、旧南朝方、将軍義教、赤松氏の決死の争奪戦が始まる！

角川文庫ベストセラー

浄土の帝　安部龍太郎

末法の世、平安末期。貴族たちの抗争は皇位継承をめぐる骨肉の争いと結びつき、鳥羽院崩御を機に戦乱の炎が都を包む。朝廷が権力を失っていく中、自らの存在意義を問い理想を追い求めた後白河帝の半生を描く。

天下布武（上）（下）　夢どの与一郎　安部龍太郎

信長軍団の若武者・長岡与一郎は、万見仙千代、荒木新八郎ら仲間に支えられ明智光秀の娘・玉を娶る。大航海時代、イエズス会は信長に何を迫ったのか？　信長の夢に隠された真実を新視点で描く衝撃の歴史長編。

密室大坂城　安部龍太郎

大坂の陣。二十万の徳川軍に包囲された大坂城を守るのは秀吉の一粒種の秀頼。そこに母・淀殿がかつて犯した不貞を記した証拠が投げ込まれた。陥落寸前の城を舞台に母と子の過酷な運命を描く。傑作歴史小説！

幕末　開陽丸　徳川海軍最後の戦い　安部龍太郎

鳥羽・伏見の戦いに敗れ、旧幕軍は窮地に立たされていた。しかし、徳川最強の軍艦＝開陽丸は屈することなく、新政府軍と抗戦を続ける奥羽越列藩同盟救援のため北へ向うが……。直木賞作家の隠れた名作！

佐和山炎上　安部龍太郎

佐和山城で石田三成の三男・八郎に講義をしていた八十島庄次郎は、三成が関ヶ原で敗れたことを知る。徳川方に城が攻め込まれるのも時間の問題。はたして庄次郎の取った行動とは……。（『忠直卿御座船』改題）

角川文庫ベストセラー

維新の肖像　安部龍太郎

日露戦争後の日本の動向に危惧を抱いていたイェール大学の歴史学者・朝河貫一が、父・正澄が体験した戊辰戦争の意味を問い直す事で、破滅への道を転げ落ちていく日本の病根を見出そうとする。

平城京　安部龍太郎

遣唐大使の命に背き罰を受けていた阿倍船人は、突如兄から重大任務を告げられる。立ち退き交渉、政敵との闘い……数多の試練を乗り越え、青年は計画を完遂できるのか。直木賞作家が描く、渾身の歴史長編！

人斬り半次郎（幕末編）　池波正太郎

姓は中村、鹿児島城下の藩士に〈唐芋〉とさげすまれる貧乏郷士の出ながら剣は示現流の名手、精気溢れる美丈夫で、性剛直。西郷隆盛に見込まれ、国事に奔走するが……。

人斬り半次郎（賊将編）　池波正太郎

中村半次郎、改名して桐野利秋。日本初代の陸軍大将として得意の日々を送るが、征韓論をめぐって新政府は二つに分かれ、西郷は鹿児島に下った。その後を追う桐野。刻々と迫る西南戦争の危機……。

にっぽん怪盗伝　新装版　池波正太郎

火付盗賊改方の頭に就任した長谷川平蔵は、迷うことなく捕らえた強盗団に断罪を下した！　その深い理由とは？　「鬼平」外伝ともいうべきロングセラー捕物帳全12編が、文字が大きく読みやすい新装改版で登場。

角川文庫ベストセラー

江戸の暗黒街　池波正太郎

小平次は恐ろしい力で首をしめあげ、すばやく短刀で心の臓を一突きに刺し通した。男は江戸の暗黒街でならす闇の殺し屋だったが……江戸の闇に生きる男女の哀しい運命のあやを描いた傑作集。

炎の武士　池波正太郎

戦国の世、各地に群雄が割拠し天下をとろうと争っていた。三河の国長篠城は武田勝頼の軍勢一万七千に包囲され、ありの這い出るすきもなかった……悲劇の武士の劇的な生きざまを描く。

卜伝最後の旅　池波正太郎

諸国の剣客との数々の真剣試合に勝利をおさめた剣豪塚原卜伝。武田信玄の招きを受けて甲斐の国を訪れたのは七十一歳の老境に達した春だった。多種多彩な人間を取りあげた時代小説。

戦国と幕末　池波正太郎

戦国時代の最後を飾る数々の英雄、忠臣蔵で末代まで名を残した赤穂義士、男伊達を誇る幡随院長兵衛、そして幕末のアンチ・ヒーロー土方歳三、永倉新八など、ユニークな史観で転換期の男たちの生き方を描く。

賊将　池波正太郎

西南戦争に散った快男児〈人斬り半次郎〉こと桐野利秋を描く表題作ほか、応仁の乱に何ら力を発揮できない足利義政の苦悩を描く「応仁の乱」など、直木賞受賞直前の力作を収録した珠玉短編集。

角川文庫ベストセラー

山河果てるとも 天正伊賀悲雲録 伊東 潤

「五百年不乱行の国」と謳われた伊賀国に暗雲が垂れ込めていた。急成長する織田信長が触手を伸ばし始めたのだ。国衆の子、左衛門、忠兵衛、小源太、勘六の4人も、非情の運命に飲み込まれていく。歴史長編。

北天蒼星 上杉三郎景虎血戦録 伊東 潤

関東の覇者、小田原・北条氏に生まれ、上杉謙信の養子となってその後継と目された三郎景虎。越相同盟による関東の平和を願うも、苛酷な運命が待ち受ける。己の理想に生きた悲劇の武将を描く歴史長編。

天地雷動 伊東 潤

信玄亡き後、戦国最強の武田軍を背負った勝頼。信長、秀吉ら率いる敵軍だけでなく家中にも敵を抱え苦悩するが……かつてない臨場感と震えるほどの興奮！　熱き人間ドラマと壮絶な合戦を描ききった歴史長編！

西郷の首 伊東 潤

西郷の首を発見した軍人と、大久保利通暗殺の実行犯は、かつての親友同士だった。激動の時代を生き抜いた二人の武士の友情、そして別離。「明治維新」に隠されたドラマを描く、美しくも切ない歴史長編。

家康謀殺 伊東 潤

ついに家康が豊臣家討伐に動き出した。豊臣方は自分たちの命運をかけ、家康謀殺の手の者を放った。刺客は家康の輿かきに化けたというが……極限状態での情報戦を描く、手に汗握る合戦小説！

角川文庫ベストセラー

乾山晩愁　葉室　麟

天才絵師の名をほしいままにした兄・尾形光琳が没して以来、尾形乾山は陶工としての限界に悩む。在りし日の兄を思い、晩年の「花籠図」に苦悩を昇華させるまでを描く歴史文学賞受賞の表題作など、珠玉5篇。

実朝の首　葉室　麟

将軍・源実朝が鶴岡八幡宮で殺され、討った公暁も三浦義村に斬られた。実朝の首級を託された公暁の従者が一人逃れるが、消えた「首」奪還をめぐり、朝廷も巻き込んだ駆け引きが始まる。尼将軍・政子の深謀とは。

秋月記　葉室　麟

筑前の小藩、秋月藩で、専横を極める家老への不満が高まっていた。間小四郎は仲間の藩士たちと共に糾弾に立ち上がり、その排除に成功する。が、その背後には本藩・福岡藩の策謀が。武士の矜持を描く時代長編。

散り椿　葉室　麟

かつて一刀流道場四天王の一人と謳われた瓜生新兵衛が帰藩。おりしも扇野藩では藩主代替りを巡り側用人と家老の対立が先鋭化。新兵衛の帰郷は藩内の秘密を白日のもとに曝そうとしていた。感涙長編時代小説！

さわらびの譜　葉室　麟

扇野藩の重臣、有川家の長女・伊也は藩随一の弓上手・樋口清四郎と渡り合うほどの腕前。競い合ううち清四郎に惹かれてゆくが、妹の初音に清四郎との縁談が。くすぶる藩の派閥争いが彼女らを巻き込む。

角川文庫ベストセラー